山田詠美
Amy YAMADA
フォー・ユニーク・ガールズ
4 Unique Girls
特別《スペシャル》なあなたへの招待状

幻冬舎

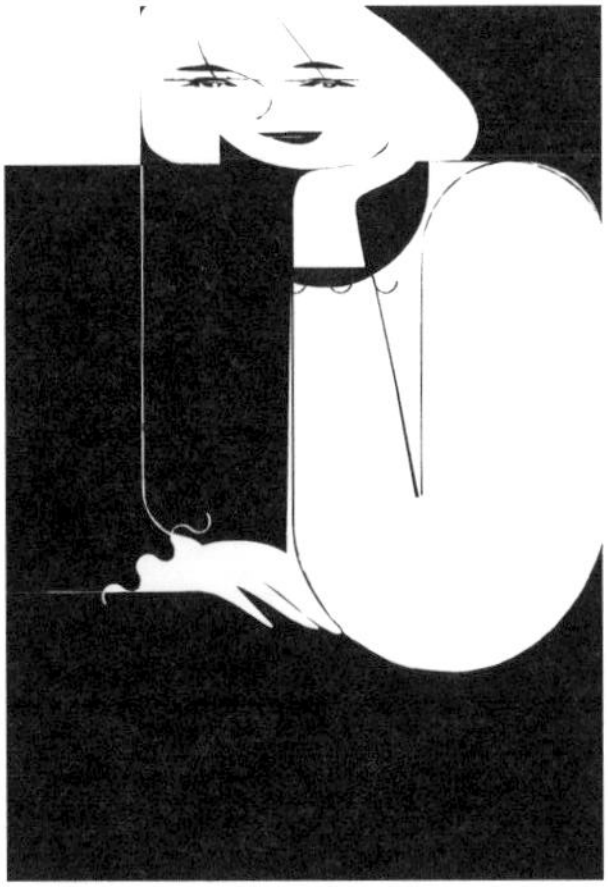

4 Unique Girls

フォー・ユニーク・ガールズ

特別《スペシャル》なあなたへの招待状

contents

装画　西山寛紀

ブックデザイン　鈴木成一デザイン室

1 良い自慢、悪い自慢

あの人って自慢話が多いよね、と誰かが語り始める時、その「あの人」は、たぶん少なからぬ人々に疎まれている。そして、「あの人」は、他人からそう思われていることに気付かず、ますます自慢に自慢を重ねて悦に入り、やがて疎まれるどころか、本当に嫌われて行く。周囲にいませんか、そういう人。例外なく、相手の思惑など意に介さず、とうとうと気持よさそうに喋り続けるんだ。困ったもんです。

でもね、たまに口にする、という前提ありきで言えば、私、いくつかの種類の自慢話は許されてしかるべきだと思うの。むしろ、微笑《ほほえ》ましい気分にさせてくれて好もしく感じたりもする。それは、自慢の質と、その後に続く話し手の態度によるところが大きい。

たとえば、その人が自慢し終わった瞬間に、「えっへん！」と聞こえて来そうな場合ってないですか？　いつもだったら松竹梅の梅を頼む鰻重《うなじゅう》だけど、今日は奮発して一番高い松にしてやったよ、えっへん、とか、うちの娘は、まだ赤ん坊だというのにピカソを超えた抽象画を描いてしまうのだから天才かもしれん、えっへん、なんてやつ。こういう自慢話には、まったく罪はない。

この「えっへん」は、時々「ドーダ（©東海林さだお氏）」にもなる。どうだ、まいったか、の「ドーダ」ね。えっ？　もう締め切りだっていうのに、まだ五枚しか書いてないんですか？　私なんか遅筆で有名だってのに、もうとうに上がってますよお（ドーダ）……と、これは、ありし日の私の滅多にない自慢であった。この時の私、いわゆる「ドヤ顔」というのをして鼻持ちならなさ全開であったと思われるが、「滅多にない」という段階で、どうにかこうにか、可愛気《かわいげ》を保っていたと思うの。話し相手の作家方、筆がすべってんのと違うー？　と笑っていたし。

私が嫌だなあ、と感じる自慢話とは、こういうものではない。ずばり、人脈自慢である。これは、自分がどのような大人物と知り合いであるかという事実を述べることとは違うよ。そして、そういった人々と、どこそこへ行って何々をした、と語ることとも違う。人脈自慢とは、それらと似て非なるもの。たとえば、有名人のＡさんという人がいたとする。昨日、Ａさんに誘われて××に行った、と語るのは、ただの報告。しかし、そこでＡさんという存在を使って、自分の価値を底上げしようとした時、卑しき人脈自慢への道を行くことになるのである。有名人や社会的パワーのある人々と付き合うに足る自分を吹聴する時、その人の自慢話は品性を失う。そういう話に耳を貸さなくてはならない場合は、心の中で、こう叫ぼう。偉いのは、おまえじゃないだろーっ！　って。人脈自慢して恥じない人って、たいてい好かれてる自慢もするんだよなー。言っとくけど、本当に好かれる人間は、好かれてる自慢なんかしないよ。嫌われてる自慢する人が、実際は嫌われていないのと同じ。

2 正直と嘘とだましだまし

例によって家事にいそしみながらＴＶを横目で観ていたら、某女優さんが超スピードで離婚、再婚、そしてまたもや離婚に至った、というニュースをやっていた。こういう時、私は、ま、そういうこともあるさ、とさして興味も覚えずに流す性質《タチ》。個人の事情は人の数だけあるし、ましてや夫婦間のことなど他人にはどうやっても理解し得ないしね。

しかーし！　これまた例によってだが、離婚という話題とは、まったく別のところで、私のセンサーが反応したのね。それは、癇《かん》に障る言葉のための探知器が作動したということ。物書きであれば、誰もがこのオリジナル探知器を持っている筈《はず》。必需品であると同時に、時折、感度が良過ぎて持て余すこともしばしば。

　今回、反応したのはこの言葉。

「私、良くも悪くも自分に正直に生きて来ましたから……」

〈良くも〉はまだしも〈悪くも〉って……。それ、ただ単にはた迷惑な奴だろーっ！　と思ったのは、私だけではないだろう。良くも正直、だとしても、私は認めないね。そもそも〈自分に正直〉ってのが駄目なの。この言葉を使う人って、たいがい周囲を騒動に巻き込む困ったちゃんなのね。ええ、私もこれまで、自称自分に正直な人に散々迷惑をかけられました。これが、何故《なぜ》か、ひとり残らず女（あ、ひとりゲイもいた）。全員が、何の根拠もなく、自分だけは特別と信じて疑わない自意識過剰さんたちだったっけ。

　え？　でも、正直は美徳でしょ？　という皆さん。その通り！　しかし「正直な」という形容詞は、他人から与えられて初めて美徳となるのです。これ「個性的な」と一緒ね。自分は個性的だと言う人間に、個性的な人は絶対にいない。正直者も、またしかり。人に言わせてなんぼの誉め言葉なのである。

　だいたいさ、大人は自分に正直にならなくていいの。まず他人に正直になることが大事。それを貫いていれば、やがてきっと、正直な人としての信頼を勝ち取ることが出来る筈。

でもでも、私、自分に嘘はつきたくない、と思っている人もいるでしょう。大丈夫。自分には嘘をつけないことになっているのです。ようく考えてみて。その嘘が苦しい時、それは、他人に対してついているから。そして、それをちゃんと自覚しているから。その罪悪感さえあれば、後は時の過ぎ行くままにするしかないし、人としての最低は既に免れている（犯罪レベルの嘘は別ね）。

私の敬愛する田辺聖子さんの小説には「だましだまし」という言葉がよく登場する。人生を豊かに味わい尽くそうとする大人の男女の暗黙の了解である。関西弁の語り口でそういなされたら、どんな男も許せそう。相手にも自分にも言い訳の余地を与える優しさを持つってことだよね。大人は無粋な正直より、こっち。夫婦以外の男女の間で使われると色っぽい。でも、私の夫には外での使用を禁止しています。

3 可能動詞になった結婚なんて

某男性週刊誌のコラムで、ベテラン女性アナウンサーがやり玉にあげられていた。それによると、そのアナウンサーの後輩が次々と結婚してしまい、彼女は、今、ものすごく焦っているとか。後輩の結婚報道が出た日の番組では明らかにテンションが低くなったそうな。そして、結婚したくても出来ない状況下で酒量は増え、ストレス爆発寸前……へえ……そうなんだ、それはそれはお気の毒に……なんて言う訳ないよ！　まったくもう、この種のおじさん向けの週刊誌って、いつもこう！　たぶん、ある層のおじさんたちって、独身のまま働き続ける女に対して、永久にこう思うんでしょうね。結婚したくて仕様がないのに出来なくて可哀相《かわいそう》って。すべての女に結婚願望があると信じて疑わない男たち……ほんと、私の若い頃とちっとも変わってないよ！　あ、おじさん向け週刊誌と書いたが、このおじさんたち、私より年下なんじゃないか？　だったら、北方謙三キャプテン（と呼んでいる）にならって言う！　小僧共、もしも、独身のキャリア志向の女が、私だって結婚したいよー、と本音を吐いたとしても、それ、絶対あんたたちとじゃないから！

　ふふっ、北方キャプテンの虎の威を借りて使う「小僧共」、気分が良いものですね。まあ、それはともかく、私の忌み嫌う良識派と呼ばれる連中は、いったい何故《なにゆえ》に、結婚に「出来る」「出来ない」という言葉を付けて、可能動詞扱いするのか。本来、結婚の後ろに付くべきは「する」「しない」の選択肢でしょ？　それとも、結婚には、才能とか特殊技能とかいる訳？　もしそうなら、すべてのだんなさん、奥さん、超すごーいってことになるけど、あたりを見回しても、既婚ってだけですごい人なんてどこにもいないけど？

　そこで、出て来るのが、こういう言い方。

「あの人だって結婚出来たんだから……」

はあ……それって、どれほどレベルの低いライセンスなんだか。ハードルを上げたり下げたり忙しいことこの上ない。どうしてそうなるかというと、その「結婚」について語るのが、ほとんどの場合、無関係な野次馬だから。責任を持たずにすむ立場から、ある特定の人間たちについて語るのは、さぞかし楽しいだろう。でも、きっと、その楽しさを浮かべた顔は下卑ている。どうせなら、しっかりと悪口の輪郭を持たせて、喋って欲しい。おれが仕事でどうしても勝てないあの女に、この上結婚という幸せが訪れて欲しくない、とか（すごく嫌な男だが、ドラマの中の重要人物にはなりそうだ）。

ねえ、いい加減、結婚を「可能」「不可能」でジャッジするのって止《や》めませんか。心に決めた相手が出来た当人だけが使って良い言葉だ。それでも正確な言葉とは言えない。だって、私の前の結婚、アメリカ軍人との膨大なペーパーワークを乗り越えて可能にしたにもかかわらず、原稿用紙の枚数ほど幸せが持続しなかったもの。

4 心変わりはテイスト変わり

私よりもひとまわり上の知人男性と話していた時のことだ。私と比べてもそれほど年上ということは、多くの読者からすれば、自分の父親よりも上の世代だろう。おじさんというよりも、むしろ、おじいさん？　そんな彼が、それまで話題にもしたことがなかった種類の音楽について、その日は語る語る。え？　どうしちゃったの？　とこちらは目を白黒。しかし、すぐさま私はぴんときたね。彼の日常に何か異変が起こっているな、と。何か……間違いなくフレッシュな色恋に絡む何事かでありましょう。

彼が話題にしていたのは、いわゆるＪ－ＰＯＰと呼ばれるもの。いや、別にその年齢のおじさんが聴いておかしい訳ではないが、彼が熱く語っていたのは二十歳前後の若者たちに絶大なる人気を誇るグループ。孫みたいな年頃のガキ共、いえ失礼、ミュージシャンにそこまで肩入れする彼が、いかにも不自然に感じられたのだった。普段は渋い好みを前面に押し出したダンディズムの権化みたいな人なのに。ははーん、と思った私は、彼の話の腰を折って、言った。

「ねぇ、彼女出来たでしょ。それも、うーんと、若い女」

図星だった。彼は、突然しどろもどろになり、いったんは否定したものの、本当は知られたくてたまらなかったらしい。こちらが強要した訳でもないのにスマートフォンを出して、新しい恋人の写真を見せるではないか。世界の中心で愛を叫びたくってたまらなかったのね、きっと。

で、その彼女の顔を拝見してびっくり。美人。クールビューティと呼ぶべき涼やかなたたずまい。その場にいた何人かと取り合うようにしてスマホを回し見。誰もがおおーっと声を上げる。女子大生と聞いて、さらに歓声が。

あれこれとやつぎばやの質問が飛ぶ中、当の彼は、自慢気でもあり、ばつが悪そうでもあり。そして、勝手にしてくれよ、と言いたくなるくらい幸せそうなのであった。2ショットもしかり。写真の中でじゃれ付く彼女とクールな表情を今にも喜びで崩してしまいそうになっている彼。いいねぇ、ギャップを愛の仕掛けにして楽しんでいるカップル。件《くだん》の音楽は、やはり彼女の大のお気に入りだったらしい。

　自分の友人が、それまでまったく興味のなかったことについて熱く語り出したら、新しい恋の誕生を察知して、優しい気持で経過を見よう（私は問いただすけどね）。けれど、自分の恋人が、突然、いつもと違うテイストのあれこれに目を向け始めたら、素知らぬ顔で鋭く観察するべし（私は追及するけどね）。

　昔、アフリカ系アメリカ人の男友達が、自分の日本人の恋人の心変わりを疑って私に相談して来た。彼女の音楽の好みが急に白人ぽく変わったという。気のせいだと笑う私に、だってサーファー向けの曲だよ！　と彼は、息巻く。……ああ、それは……ねえ？　御愁傷様。

5 朝パワー、どうしてる？

その昔、今よりもずっと若い頃、私は、朝を少しも大事にしていなかった。何しろ、子供の頃から夜が好き。深夜に起き出して、本を読んだり、絵を描いたり、ラジオに耳を傾けたり。限定された自由の中で、私の空想は際限なく膨らみ、自ら創り上げたあらゆる世界を旅することが出来た。それは、家族が寝静まった夜だからこそ手に入れられる喜び。私は、小学生にして、既に夜に選ばれ、そして、愛されていると感じていたのだった。

その思いは、大人になっても続いた。遊びも勉強も仕事も、実力を発揮できるのは夜、と絶対に信じて疑わないで来たうん十年間。自他共に認める夜型人間の人生。そういう人間の常で、朝、時間を決めて起きなきゃならないのが本当に苦手だった。それが嫌で物書きになったのよ、と冗談めかして言ったりもしたが、実はほんの少し事実だったりして。

ところが！　十数年前のある時から、急に朝型人間に変身したのである。明確な理由があった訳ではない。ただ、とても疲れていた日に何も考えたくなくて早い時間に布団にもぐり込んだ。そして、次の日の早朝、前の晩にやり残した仕事を片づけなくてはならない破目になり、仕方なく取り掛かった。朝っぱらから仕事か……やる気出ないなあ、と思った筈だ。それなのに、それなのに、始めてみてびっくり！　ものすごーく調子良く仕事が進んで行くのである。何、これ!?　と、その瞬間、私は徹夜明けの朝日の気《け》怠《だる》い色気より、一日を始める際の朝日のフレッシュな魅力に心奪われたのである。家族のために早起きしているお母さんたちや、満員電車で通勤している会社員の人たちから見たら、何を今さら呑《のん》気《き》な、とお叱りを受けそうだが、言わせておくれ。朝って、いいねっ！

この間の早朝、コーヒーを飲みながら考えごとをしていた私の耳に、男女の怒鳴り合いの声が飛び込んで来た。近所のお宅からなのか、はたまた同じ町内の路地からなのか。マンション最上階の我が家まで届く大声の応酬。あーあ、あの罵声で一日を始めるのか……と他人事《ひとごと》ながら同情した、その時、私は唐突に幼い頃、母が私と妹とを叱った際の言葉を思い出したのだった。

「誰かの出掛《でが》けに絶対に喧嘩をしてはいけません。怒って人を送り出したりすると、その人に何かあった時、一生後悔するのよ」

万年寝不足で、朝は常にご機嫌ななめだった夜型子供の私に、この言葉はこたえた。以来笑って玄関に立つのが習慣になっていて、長いこと意識すらしなかったが、そうだよね。母よ、あなたは正しかった。人生何が起こるか解らない。

私の夫は病院勤務で早朝家を出て行くが、前は起きるのに相当苦労していた様子。ところが、今は、二つ目の目覚ましが鳴ると同時に、がばっと飛び起きて叫ぶ。

「さあ！　おれの時代がやって来た‼」

朝のやる気の出し方も人それぞれのようです。

6 国際結婚のせいじゃない！

国際恋愛、国際結婚専門カウンセラーなる職業があるそうで、その肩書きの女性がＴＶ出演して、あれこれと語っていた。国の違う男女が恋に落ちて、付き合って、結婚に至るまでの道のり、そして、その後に浮き彫りになるさまざまな問題点について解りやすく説明してくれた……と言いたいところだが、実は、私には、さっぱり解らなかったのよ。だって、出て来る問題出て来る問題、ほとんどが、ねぇ、それ、国際云々《うんぬん》が原因じゃないのでは？　個人的なプロブレムなんじゃない？　と言いたくなるようなことばかり。

たとえば、ある経験者は言う。学生時代に知り合ったアメリカ人の夫は、結婚した途端に変わってしまった。どんな料理を作っても、たとえ、それがデザートであっても、ねえ、これも魚入ってんの？　日本人は魚ばかり食べてるんでしょ？　と嫌みを言う。そして、日本人妻なのに、何故、夫に尽くさないんだ！　と怒りまくる。その上、自分のやりたいことを実現させるために妻を働き詰めにさせ、金銭を絞り取る……もう、国際結婚なんてほんと、こりごりです。

　……これ……夫がアメリカ人だからじゃないでしょう。結婚が破綻したのは、夫がどうしようもない駄目男だったからでしょう。デザートに魚入ってんのって……あなたの失敗は、国際結婚をしたことではなく、変な男を選んでしまったことですよ、とそのカウンセラーという人が言わない不思議。国のせいにしてはいかーん！
と、いう私は、国際結婚をして国際離婚に行き着いた、かつてアメリカ人の夫がいた日本人妻の過去を持つ。でも、私、外国人の夫だったから上手く行かなかったとは、ぜーんぜん思ってないの。あの夫と私の組み合わせだったからこそ、恋に落ちて、素晴らしい日々を共有し、苦楽を分かち合い、そして、修復出来ない傷を付け合ったのだと認識している。国の違い？　関係ないよ。だって、男は男。確かに付き合い始めは、あらゆる生活習慣や言語の相違が、エキゾティックな魅力になったり、または反対に苛立《いらだ》ちの種になったりもする。でも、結婚に至る頃には、そんなのは超越してしまう筈。え？　出来なかった？　それは、あなたが、その結婚に向いてなかったということ。日本人同士でもあるよね。自分に向いていなかった「その相手」「その結婚」。

私、最近、男女のことだけでなく、人間関係に関する問題って、「人による」という前提でしか解決出来ないように思うの。人と人との関わりにステレオタイプなんかない。人の数だけ思いの順列組み合わせはあるもの。

そうだ。国際結婚ならではのメリットをひとつ。それは、望むなら夫婦別姓でいられること。その場合、夫の姓は戸籍に記載されるだけ。日本に住み続けるのならそれが便利。でも皆、ミセス・◯◯とか一度は呼ばれたくて変更して、別れ際に後悔するのね。国際結婚は手続きが面倒。これ、デメリット。

7 大人は他人より自分育て

新刊発売にあたってのパブリシティ開始前や、社内の部署異動などの際に、新しくスタッフの一員となった若い人を紹介されることがある。そういう時、たまーにこんなふうに言う上司（日頃、私とあまり接点のない人たち）がいるんだなあ。

「この際、彼（彼女）のことを、山田さんに厳しく鍛えてもらおうと思いまして……」

え？　なんで？　と私は困惑する。この上司、その彼（彼女）を鍛え上げられる人物として私を扱おうとしている。そうすることによって、私に対する敬意を表明しているんだなあ……よーしよし……なーんて、思う訳ないじゃん。いったい何故に、私が、あんたんとこの小僧共を鍛えて一人前にしなくてはならないのかね。最初っから、完成品持って来いやーっ！　と、しまいには腹が立って来るのである。

キャリアを重ねた、と言えば聞こえが良いが、要するにとうが立ったってことね、私。そんな作家には教えを乞う姿勢でいるのが一番無難ってことなんだろう。私は、二十代半ばに小説家としてデビューした。右も左も解らない小娘だった私だが、自分なりに精進して（ほんと）、結果、早い内にいくつかの賞をいただけた。すると、こんな声が聞こえて来たのである。

「山田詠美はおれが育てた」

それも、ひとりや二人ではない。バブル期の狂乱の最中《さなか》、どうやら、あっちにもこっちにも、私を育てた人がいたらしいのだ。これまた、え？　なんで？　である。あのー、すみません、私を育てたの、私の両親だけですから。だいたい、そう吹聴する人に限って、派手なパーティやイヴェントで一緒になっただけだったりするんだよなあ。地味な小説という領域で苦楽を共にして来た人は、そんなことは言わない。え？　育ての親という言葉もある？　それ、第三者が使うから生きる用語でしょ？　あるいは、実際に養子縁組した間柄であるとか。

とうに成人を迎えた人間への「鍛える」も「育てる」も、日本以外では、あまり耳にしたことはないと記憶しているが、どうだろう。少なくとも英語では、ある特定のシチュエイション（軍隊とか）を除いては聞いた覚えがない。

それでは、人が人に知識や教養、生きる指針などを授けたり授けられたりする場合には、いったいどの言葉を使うのか。

一番相応《ふさわ》しいのは、「学ぶ」「教わる」を意味する〝learn〟だろう。自分が授ける時には〝learn from me〟、他人（○○）から授けられる場合には〝learn from ○○〟、常に能動態のぶれない動詞だ。学ぶ人が主体。責任のありかははっきりしている。大人になったら、誰かに鍛えられるのではなく、自らを鍛えよってことね。そして、育てられるのではなく、自分自身を育てるべし。で、やがて子育てならぬ自分育てが終わる年齢《とし》になったなら、今度は育て上げたその自分に、優雅にもてなしてもらうのです。

8　浮気心の扱い方

かつて、浮気に関する常套句というものがいくつかあった。たとえば、

「浮気は男の甲斐性」

「男の浮気は子孫繁栄のための種まき本能」

「ばれない浮気はなかったのと同じ」

「浮気はされる側に原因あり」

「浮気は男のロマン」

「体の浮気は心のそれより罪がない」

などなど。「かつて」と書いたけれども、今も開き直った男たちが、これらのフレーズを口にして、咄嗟《とっさ》に自分自身を正当化しようとする場合も少なくないの

だとか。やだねー。旧態依然、ここに極まれり。結局、浮気者って、いつの時代もおんなじじゃん。

甲斐性ってさ……自分の妻や恋人以外に欲情してことに及ぶのが、それなの？　種まき本能ねえ……男が種で、女が畑とかいうあれ？　自分の遺伝子を残すためにあちこちで種をまくという？……こら！　その理論を借りるのなら、女の方こそ、より優れたＤＮＡを求めて、多くの種を試さなくてはならないんですの……なあんて、いちいち文句を付けても徒労感ばかりが残る、大昔からの男による浮気の定義。うんざり。

　でも、私、こういった古臭い意味付けをしないでただ遊んでいる男には、なーんの文句もないんです。それが自分の男でない限りは、どうぞ、御勝手に。男友達だったりしたら、もっとやれー、とおもしろがってけしかけてしまうくらい。つまり、ラブアフェアに身を投じるなら、屁理屈を付けるな、と言いたい訳。節操のない我が身を自覚してルールの逸脱を楽しむべし。そして、男がすなるものは女もまた……と知っておくべきね。これ、現実。

そう、ラブアフェアは自由。女だって、その楽しみにあらがえない場合もあるでしょう。他人が指図したり、道徳を説いたりする資格はない。男と女の間に、いつどんなハプニングとケミストリーが待ち受けているかは誰にも解らないもの。そして、甘い地獄に落ちてこその快楽というのも確かにあると思うから。でも、そういう経験が、その先のすさんだ人生の始まりになってしまうか、美しい傷として、面《おも》ざしを引き立てて行くかは、あなた次第だ。どうすれば後者になれるかって？　そんなの私にも解らない。とりあえず、前出の「都合の良い男共の言い草」みたいなことを口にしないことね。「浮気は女の甲斐性」とかさ。痛々しいだけだから。私、昔、そう言って遊んでた虚しい女を見たことがあるの。本人、豪快なつもりだったらしいけど、何故彼女はチャーミングな尻軽になれなかったんだろう。

　と、ここまで話の解るようなふりして書いて来ましたが、実は、私、浮気は嫌いです。ステディのいない時のアフェアは大好きだったけど、心に決めた相手がいる時はするのもされるのも嫌。だってさー、生理的に気持悪くない？　他人の汗の染み込んだ毛布にくるまれたり、他の女の舐め回したキャンディバーを口に入れるのって……え？　全然意味違う？

9 その価値基準、却下します

それって、おおいなる勘違いじゃないですか？　と、思わず言いたくなる世間様の価値基準ってありませんか？　特に、ある種の男性たちによる、それ。そう、いわゆる「オヤジ」と呼ばれる人たちのことね。これ、成人以上であれば、あまり年齢に関係なく棲息《せいそく》する人種。まあ、上に行けば行くほど数は増えて行く訳だけど（この点は「オバサン」と一緒）。

もちろん、価値基準の設定は個人の自由。私が言いたいのは、公《おおやけ》の場で、それを不特定多数の人たちと共有しようともくろまないで欲しいってことなの。

たとえば、経営破綻した某格安航空会社の客室乗務員の制服。青の超ミニワンピースに肌色のストッキング。初御披露目で、それを身にまとった若い女たちが並んだその映像を観た瞬間、げんなりしたのは私だけじゃなかった筈。ださ過ぎだよ、それ！　自分とこの大事な乗務員に、わざわざ安い格好させてどうする⁉　いったい、何のため？　男性客へのサーヴィス？　あるいは格安運賃に合わせた？　画面には、スカートの裾を気にしながら客に向かってかがみ込む乗務員の仕事ぶりが映されていた。あー、昔の日本って感じだなあ、と思った。セクシーではなく、卑猥。セックスアピールではなく、劣情。どちらも、個人的な空間でひそかに楽しむべきものだろう。え？　そんな意図はなかった？　嘘ばっかり！　もし、本当に、その種のたくらみなしに、超ミニワンピを制服にするのなら、映画『キャッチ・ミー・イフ・ユー・キャン』みたいなうんとキュートなものにしてあげなさいよ。クレージュ風のコケティッシュなやつ。あ、コケティッシュといっても、「エロい」という言葉とは無縁だからねっ。だいたい、空の安全にエロさなんていらなーい！

　あの、超ミニに合わせた肌色のストッキングとパンプスを見て、こんなに客をなめてる会社は、遅かれ早かれ駄目になるね、とTVの前で断言していた私。そしたら、ほらね、案の定。これ、女よりも、むしろ男をなめてる。肌色ストッキングに包まれた足の分量で、航空会社を変える男って、そんなにいるの？　たぶん、あそこの社長はそうなんだろう。

うんざりする某宅配ピザチェーンのＣＭもあった。

新商品の価格設定があまりにも安いのに激怒した部長だか何だかが、誰だ！　こんな安い値段にしたのは！　と怒鳴る。すると、若い女子社員が、両手で頬をはさみ、体をくねらせて言い訳する。

「間違えちゃいました〜〜」

その甘ったるい声で、途端に相好《そうごう》を崩して、許しちゃう〜とか何とか言う部長（か、何か）。

何だ、これ。少なからぬ私の知り合いがこのＣＭを観て、別のピザ屋にチェンジしたという。もちろん、うちも。だいたい、この女子社員、後で皆に苛《いじ》められてると思うよ。勘違い男目線からの価値基準。断固、ボイコットすべし。

10 道徳より公衆道徳

自分の目の前を歩いている男が、いきなりペッと唾《つば》を吐いたり、平然とゴミを投げ捨てたりしたら、どんなふうに感じます？　たいして気にならない、という人は、この先を読まなくても結構。でもさ、たいていの人はイラッとするよね。私なんて、軽い殺意が芽生えるものね。注意してやりたいところだけど、逆切れされてひどい目に遭うのも馬鹿みたいなので、心の中で、こう思って気持を鎮めているの。おまえは、絶対、この先、道に復讐されるであろう。落とし穴に落ちるとか、水道管が破裂して吹き上がった水柱の上でさらし者になるとか、はたまた犬の糞を踏ん付けて滑り、酔っ払いのゲロの上に転ぶとか。ええ！　本気で願っちゃいます。

今、どうなっているのか知らないが、私の小中学校の頃は、授業のカリキュラムに「道徳の時間」というのが組み込まれていた。だいたいが、大人の思うところの「良い子」の何たるかを教えてくれるありがたーい授業で、偉人や心優しい市井《しせい》の人（だいたいが貧乏）を描いたテキストが使用されていた。教訓めいた話も多く、子供心にも非常にためになった……というのは大嘘で、私は、この授業がだーい嫌いだった。いや、ちょっと違うな。大嫌いと感じる前に、はなから馬鹿にしていたので、かえって、ちょっとおもしろかったりもしたのだった。嫌なガキ？　その通り。でも、その時、嫌なガキの視点を持ったからこそ、今、小説家でいられるのであって。

　だってさ。あの授業の数々って、人としての成長にあんまり影響を与えていなかったように思うの。ちょっと良い話の羅列は、確かに子供たちを感心させはしたものの、それだけだった。つまり、全然身にならなかったってことね。道徳の授業のおかげで、苛めがなくなったということもなかった。それが解るのは、私自身が転校生の苛められっ子だったから。皆で、苛めをなくすために話し合おうという鈍感な教師の正義感のせいで、もっと苛められる破目になったし。御仕着せの道徳教育では、真の道徳心など育たない。だって、それは、ひとりひとりが親を始めとする大人たちを見て、自分の力で発見して行かなくては、自身に取り込めないものだから。

　で、私が言いたいのは、道徳の時間はどうでも良いから「公衆道徳の時間」を義務教育の必須科目にしてくれないかってこと。それをやって来ないから、冒頭のマナー知らず男みたいなのを増やすんじゃないか。「イケメン」とやらの条件に、公衆道徳を守ることと明記して欲しい。そして、それを授業で教える。女は捨てても、ゴミは捨てるな。

　昔、電車の座席に座ると、必ず自分の横に荷物を置く知人女性がいた。尋ねると、隣に人が座らないようにだって⁉　全身ハイブランドで固めた彼女の口癖は、当時はやっていた「ハイソ」。ハイソサエティの略ね。公衆道徳を知らないハイソが、私の切なる願い通りに犬の糞を踏んだか否かは定かでない。

11 不快感の利用はあり？

前に、男目線のおおいなる勘違いから来る価値基準について書いた。突然、女性客室乗務員の制服のスカート丈を超ミニにした某格安航空会社とか、低価格設定に激怒した男性上司が、手を両頬に当てて身をくねらせる女子社員の言い訳姿に相好を崩して許してしまう某宅配ピザチェーンのＣＭとか。

でも、まあ、仕方ないか。腹立ちの種は無視するのが一番。ＣＭなんて、その内、すぐに新しいヴァージョンに変わってしまうしね……とやり過ごそうとしていた私……だったのだが。

あのー、何か知らないけど、そのピザのＣＭ、流れる回数がどんどんひんぱんになっている気がするんですけど……何故⁉　別に私のエッセイを読めとは言わないけれど、あの、女子社員の発する「間違えちゃいました～っ」に不快感を覚える人は、私の周囲だけでもかなりいるのだが（調査済）。

　そんなある日、私は、泊まりに来た女友達とＴＶを観てお喋りに興じていた。すると、件のＣＭが、またもや流れた。

「私、このステレオタイプな上司とぶりっ子女子社員の描き方に苛々《いらいら》して、エッセイに書いたんだよねー。それなのに、まだやってるとは……しかも確実にオン・エアの回数が増えてるじゃん！」

　きーっ、と憤る私に女友達は言った。

「エイミー、それ、きっと、作り手の思う壺にまんまとはまってるんだよ」

　彼女が、その方面の知り合いに聞いたところによると、不快感を刺激することによって印象付けるという手法があるのだとか。そして、女にその手を使う男も多いじゃん、と続ける。

　うう、そうなの？　確かに私の頭の中には、このピザチェーンの低価格商品のメニューが刻まれている。次に、好感度の高い演出で同じ商品の宣伝をされたら、途端に許して購入してしまうかも。

その数日後、今度は私の夫が某娯楽施設のCMに怒っていた。それは、五十代以上の客のための特別なサーヴィスを謳ったもので、馬鹿みたいに派手な女装をした芸人たちが、ボウリング場でのおばさんたちの振る舞いをおもしろおかしく演じるというもの。まさに、ステレオタイプの醜いおばさんたち。

「これ、五十代の女性たちを、はなっから馬鹿にしてない？」

お？　妻のために怒ってる？　と少し嬉しくなったが、そうでもないみたい。どうやら義憤に駆られているようなので、件の友達の言葉を教えてやった。すると、あー、なるほど、あれみたいなもん？　と納得。

彼の言う「あれ」とは、関西の某飲料メーカーのCMの数々。近頃では、赤井英和が「みっくちゅじゅーちゅ！」とか言ってるあれ。元々、あの商品のボトルの題字は彼の手によるものらしいのだが、その昔、阪本順治監督の『王手』を観て赤井くんの美しさにほれぼれした私としては……某スポーツジムのCMでさらしたおなかとこれで、ダブルのショック。これも印象付け？

12 （可愛い）子供好きです

ケーブルで観られるKBS Worldという韓国のＴＶチャンネルで、毎週末放映している「スーパーマンが帰ってきた」という番組に夢中である。これは、有名人パパが自分の小さな子供（たち。双子あり、三つ子あり）とママ不在の四十八時間を過ごすというリアリティショウ。子供たちを刺激しないように身を潜めたスタッフ（ばればれだが）が、父親と子供（たち）の間の愛情と混乱を映し出す。慣れない育児に奮闘するお父さんたちの姿は、とってもチャーミングで、時に情けない。そして、やっぱり我が子が一番と悦に入る親馬鹿ぶりも滲み出て、呆《あき》れるやら微笑ましいやら。

何組かのレギュラー親子が代わる代わる登場するが、たぶん多くの視聴者と同じ気持で、私が、その愛くるしさに心をわしづかみにされているのは、モデルのＳＨＩＨＯさんの娘、サランちゃん。韓国系の格闘家のお父さんとのありようは、これぞ理想の父と娘。最強のコンビといった感じ。恋人同士のようでもあり、親友のようでもあり、師匠と弟子のようでもあり、でも、やっぱり唯一無二の組み合わせによる父と娘。あー、何故うちはああじゃないんだー⁉　と嘆くお父さん方が続出するであろうことは想像にかたくない。韓国では社会現象まで巻き起こしたほどだと聞く。お父さんの奮闘も好感度は高いが、これは、サランちゃんのあまりのいたいけな可愛らしさ（やんちゃでもある）によるところが大であろう。従姉《いとこ》のユメちゃんとのしばしの別れの際、壁に伏せるように寄り掛かって、こらえていた涙を流す場面なんて、人間ドラマを書き続けて三十年のすれっからしの小説家（私）まで、思わずもらい泣きしちゃったものね。

　父と娘という結び付きの特別感というのもあるかもしれない。同じ番組内の父と息子（たち）とは明らかに違う空気感。男同士の親子の間には、英語でいうバディ（buddy──仲間とか相棒の意味ね）な感じが漂っているのが常だが、父と娘の間には、もっと濃密な何かが横たわる。それは、たぶん、母親と息子の間にあるものと同質でもあるだろう。私自身は子供を持ったことはないが、だからこそ余計に、その種の熱に対しては敏感だ。息子と娘の両方を持った友人たちを見るたびに、そう感じる。人間という動物だからこその本能みたいなものか。

　ところで、小さくて可愛い子供を見て、きゃーっ、と身悶えする私に、子供好きなんですね、と言う人がいるが、全然違うよ。これは、セクシーな男を見てくらくらしたからといって、決して男好きな訳ではないのと一緒。私が好きなのは「可愛い」子供なの！　小憎らしい子供にもそそらない男にも、まったく興味は無いんです。

　ある時、夫と二人で散歩の途中に近所の幼稚園の庭をひょいと覗いたら、お迎えのお母さん方がものすごく冷たい視線を向けて来た！　まさに、不審な男女扱い。ひー、もうしません。私たち、そこに通う知り合いの「可愛い」子供しか目に入ってなかったんですからっ！

13 座席の悲喜こもごも

私と同世代の女性の書いたエッセイを読んでいたら、新幹線の座席にまつわるエピソードが取り上げられていた。ざっと要約すると、こんなふう。

仕事先から届いたグリーン車のチケットを持って、女二人で乗り込んだら、混み合っていて、通路側の前と後ろの席に分かれてしまった。付き合いが古くて仲の良い同行者と、すっかり観光気分になっていた著者はがっかり。隣のおじさんに席を移ってもらおうと頼みかけたが、彼は窓の外の景色を食い入るようにながめているので、さすがに悪いと感じる。しかし、この著者の方、諦めない。おじさんの側から、席を代わりましょうかと申し出させるために色々とアピールしてみる。お弁当を前の席の同行者に勧めてみたり、書類の音を立ててミーティングしてみたり……しかし、通路をはさんだ隣の席の女性ににらまれて作戦中止。当のおじさんは、その内にぐっすり。著者は、眠るのなら席を代わってくれれば良いのに、と舌打ちをしながら自身も寝てしまう。しばらくして、おじさんに起こされて目覚めた著者は、彼が自分の足にまたがっているのに気付く。そして驚いたはずみに股間を蹴ってしまう。苦し気に痛がりながら車両から降りて行くおじさん。最初から席を代わってくれていたら、そんな目に遭わないですんだのに、と思う著者……。

読み終えた瞬間、このおじさん、私だわ、とせつない気分になってしまったよ。違ったのは、私の場合、女性二人の圧力に負けて通路側の席から窓際に移ってしまったこと。予約開始と同時に通路側を取っていたのにさ……とほほ。ひとり旅を何度も経験すると、隣の客を煩《わずら》わせることなく席を立つために通路側を予約する客は多いと思う。

あれは、もう十何年も前の話だ。私は、ひとりでパリから日本への帰路についた。もちろん、しっかりと通路側の席を確保。機内のひとときも旅の一部と考える私は、くつろいで旅情に浸るためにも自分の快適さを追求したい。だからこその座席位置……だったのだが。

　私の隣の席の女性が騒ぎ始めたのである。連れの女性が自分の後ろの席になったのは何かの間違いだ、同じツアーなのに二人並べないなんて有り得ない、と主張するその人は、いや、そのおばさんは、今の私くらいの年齢か。どうやら、私の後ろの通路側の席にいる男性も早々にそこを予約していたらしい。ひとり旅における私と同じスタイルの持ち主。彼、まったく動じず、あくまで知らんぷり。仕方なく、私、おばさんのしつこさに負けて移動しました。

　え？　正当に自己主張しろ？　出来ませんよ、そんな。だって、おばさん二人で、こう言うんだもの。窓際に代われてラッキーだと思わないのかしら、って。友達とのせっかくの旅行がだいなしだわ、って。何言ったって通じなそう。あの新幹線のおじさんも、車窓好きで前から予約してたんだと思うよ。そして隣席の思惑にもきっと気付いてた。

14 サプール！

サプールとは何か。それは、アフリカ西部コンゴ共和国の首都郊外にある極貧地区で、武器を取る代わりに、お洒落《しゃれ》とエレガンスを選んだ伊達男集団のこと。正式名称は、「お洒落でエレガントな紳士協会」。そのフランス語の頭文字を取って、通称「ＳＡＰＥ（サップ）」。そのメンバーをサプールと呼ぶのだ。

ずい分前にその存在を知って心魅《ひ》かれながらも、アプローチする術《すべ》もなく忘れていた彼らについての本が、ついに刊行された。サプールたちのベストショットの数々を集めた写真集にして、解説集、そして著者と彼らの交遊録で構成されたその本の題名は『サプール　ザ・ジェントルメン・オブ・バコンゴ』（ダニエーレ・タマーニ著　青幻舎刊）。バコンゴは彼らのホームタウン。序文は、あのポール・スミスが書いている。

　サプールの基本スタイルはクラシカルなドレスアップ。つまり、ジャケット、タイ、革靴、そして、ポケットチーフに葉巻。そう聞くと、ヨーロッパの上流階級の近寄りがたい（もっと言えば古臭い）装いの受け売りか、と早合点しがちだが、全然違う。何故なら、サプールたちのファッションの土台は、アフリカンであるが故のダークな肌だから。それをまるでパレットに見立てたかのように、これでもかこれでもか、と言わんばかりに派手な色彩をのせて行く。肌色がダークであればあるほど、クールに引き立つ。表紙の男性は、目の覚めるようなピンクのスーツに加えて、帽子に始まる小物類がすべて真紅。まさに、彼らにしか身にまとえない配色の奇跡！　唯一無二のファッショニスタ集団である。

　では、何故、彼らが唯一無二なのか。それは、ハイブランドと共に身に付けた誇りがそうさせるのである。ブランドに身を包んだ自分たちの立ち居振る舞いは、紳士のルールにのっとっているべきであり、それ自体が彼らに続く若者たちの憧れるべき芸術でなくてはならないという意識。りっぱ！　そうあってこそ、貧しいエリアにおける強力な希望の差し色になり得るのだ（少々不遜にも感じるが、彼らの背景がその芸術性を高めるのに一役買っているのは否めないだろう）。

私が、ＴＶの仕事で西アフリカを訪れ、そこに住む人々のファッション性に度肝を抜かれたのは、もう十五年も前になる。パリのデザイナーたちに多大な影響を与えたと言われる彼らのまとう衣服は、まさに洗練された野性とでも呼びたくなるような刺激に満ちていた。

心魅かれたのは、とりわけ働く女たち。地元の人々しかいないダカールの雑多な市場は、まさに、彼女たちのステージであり、ランウェイだった。たとえば、真紅の下着に重ねた黒のロングドレス。髪は、高々と極彩色のターバンで巻き上げられ、巨大な金の耳飾り（もはやイアリングではない）。そんなダークスキンの美女ばかり。もちろん、私も真似してみました。そして、敗北しました。同行したスタッフに、ブラの紐がずれてますよ、と注意されました。わざとだよっ！

15　（不都合な）ダイエットの真実

家中を占拠しそうな勢いで増え続ける本をどうにかしなければ、とようやく重い腰を上げ、処分のための仕分けに取り掛かった。で、自分自身に呆れたの。いったい、何故に、こんなにも大量のダイエット関連本がある！　なあんてね。本当は、その理由など解り過ぎるくらい解っている。白状します。実は、私、ダイエット本おたくなのです。新しいダイエット指南書が出たら、すぐに購入しちゃう。そして、その内の何冊かに関しては、理論をすっかり暗記し、望まれれば諳《そら》んじてあげることだって出来るよ、えっへん！

　と、いばってみても仕様がないのである。ここでポイントなのは何かというと、それは、私が「ダイエット本おたく」ではあるものの、決して「ダイエットおたく」ではない事実。要するに、私のダイエットの知識は単なる机上の空論であり、実践によって証明されてはいないということね。ええ、私、ここ何年もでぶなままです。知識だけを貯えて、すっかり満足してしまうていたらく。よし！　明日から挑戦してみようと決意だけはするのだが……そう、するだけなんだな。

それにしても、この世に氾濫するダイエット情報の種類の何と多いことよ。そして、そのセオリーの多岐にわたることのはなはだしさと来たら！　ブッキッシュな私だけでなく、ごく普通にメディアに接している人々だって混乱するに違いない。ねえ、いったい、どれが正しいの？　って。

ダイエットの流行は、すぐ変わる。ごく当たり前の真実を提唱しているものでも、新しいともてはやされては、たちまち古くなる。ここのところ注目されていた、と言えば「糖質制限ダイエット」だろうか。そして、予想通り、今、アンチ糖質制限派による反論をあちこちで目にすることが出来る。

どちらが正しいのかは、私には解らないが、糖質制限という言葉で、二十年ほど前に一大センセイションを巻き起こしたダイエット法を思い出した人々（特に女性）は多いのではないか。
それは、長くアメリカに住んでいたノンフィクション作家が、懇意にしている医師に導かれて考案したもので、ニューヨーカーだった人独特のストイックな容姿とライフスタイル、プラス彼女のパートナーのアーティストによる優しく洒落たイラストと相まって絶大なる人気を博した。そして、某女性誌連載中、次々と熱狂的信者を増やして行ったのである。

　私の周囲にも見る間にやせる人続出。それも十キロ単位で体重が減っていく。羨ましいとは感じたものの、追従しようとは思わなかった。糖質制限に加え青菜を貪るように食べて、バターの塊（一日四分の一ポンド）を舐める。フィルムケース一杯の塩と水三リットル、これも一日のノルマ。呆気《あっけ》に取られている内に、ダイエットとの関連は不明だが、教祖のようだった作家はまだ若いのに亡くなってしまった。そして、信者は消え私の友人もでぶに戻った。（この項続く）

16 （不都合な）英会話習得の真実

前項で、私がダイエット本おたくではあるけれどもダイエットおたくではないと白状した。その原稿を送った後、担当編集者と電話で話をしたことには。

「これで、私が、ずっとでぶのままでいる理由が解ったでしょう」

「わはは。ダイエット本と英会話の習得本が永遠に売れ続けるのって、こういうことなんですよね」

そ、そうなのだ！　私の家の積み重なった本の奥の奥には、英会話の本も大量に眠っている（筈）。

私の前夫は、アフリカ系アメリカ人だったが、彼と別れた途端に、飛ぶようにして、自分の頭の中から流出して行った英語力を取り戻そうと、虚しい努力を試みた訳ね。でも、ぜーんぜん駄目だった。私から去って行った英単語の数々は、決して戻って来てくれないのよ。と、いうより、我ながら豊富だなと自負していた英語のボキャブラリー、たとえ復活してくれたとしても、使い道がないの。日常会話や旅行用会話以外のそれらって、恋人がいなかったら見せ場がなくてつまんないんだもの。いや、本当に勤勉な人は、社会情勢の研究や小説書き（ほんとか！）などさまざまなことに、つちかった語彙《ごい》を有効活用するのだろうが、私と来たらただの野蛮人。恋人とのコミュニケーションツールとしての英語にしか興味がなかったのである。

ここでのポイントは「恋人」ってことね。決して「夫」ではない訳。これ、英語圏の男と結婚した友人知人の多くが言うことだけど、恋人同士の頃の英語表現能力は、家族になった途端にストップする。ええ、私も前夫との結婚前は、人種問題、宗教問題、アートやモードに至るまで、さまざまな英語の言い回しをあらゆるところから探し出して語り尽くそうと、それこそ全力を傾けたものでした。

そして、結婚後、えー？　また人種の話？　と夫には嫌がられ、私自身も、そうだよなーこの男のベッドメイクの仕方に難があるのはアフリカ系だからじゃないし……と、どんどん貯えられるボキャブラリーの種類は変わって行き、やがて、二人の間で一番ひんぱんに交わされる会話は、今晩、ごはん、どうすんの？ になった。ウァッチュガナドゥ フォー ディナー？ そこに、一緒には食べないよね？ というニュアンスが漂い始めた頃、私たちの結婚生活は終わりに近付いた。皮肉なことに、離婚に際しての大量の専門的英単語は正確かつ迅速に脳みそになだれ込んでは来たけれど。

ここで言いたいのは、ダイエット知識も英語力も使いようってこと。ダイエットや英語力の習得に成功すれば、それだけで素晴らしい人生が開けるかといったらそんなことはない。そんなことはないのに、私たち、つい過多な情報に振り回されるのね。鍛えた英語力を使うべき人に使えなかった私のミス。でも、反省はしません。二度目の結婚に生かせてるからね。得意の日本語で。

17 いまだに恋の様式美

近所の川のほとりの遊歩道を散歩していた時のこと。いつのまにか女性たちのグループが、私の後ろに少し離れて付いて来るような格好になった。楽し気に大声でお喋りに興じているので、ちらりと振り返って見ることには、年の頃、三十代後半といったところ。いわゆるママ友って関係のようだ。

別に聞き耳を立てるつもりはなかったが、前を行く私の存在など、まったく気にかけることなく、あけすけに話しているので、ついつい彼女たちの少々とうの立ったガールズトークを最初から最後まで聞いてしまった。

「それでさあ、男が他の女と浮気してる現場に鉢合わせしちゃう訳よ」

どうやら昨晩観たばかりのＴＶの話をしているらしい。

「ガーンとショックを受けて激怒するんだけど、男に開き直られて、泣きながら外に出て行く」

「えー、それでそれで？」

他の人たちは、皆、観逃した回らしく、興味津々。ところが、場面解説している女性がこう言った途端に大ブーイング。

「外、すごい雨降っててさ、ずぶ濡れになって泣き続ける……（もうこの辺で、彼女、説明出来ずに笑い出す）」

何、それ!?　とひとりが言った。すると、嘘だろ!?　マジで？　と、次々に続く疑問符。そして、とどめは、これ。

「傘、持って出てけよ」

ほんとだよー、と口々に同意する彼女たち。私も、笑いをこらえながら、心の中で、異議なーし！　と叫んでしまいました。

どうして、ある種のTVドラマや映画は、相も変わらず古臭い演出に終始するのか。恋に傷付いて、形振《なりふ》りかまわず、どしゃ降りの雨の中、濡れねずみ（死語?)になって走る(時に裸足だったりする)。それって、若かりし日の松坂慶子が出演した『人生劇場』の頃と変わらないではないか(古くてすみません)。

いまだに続く日本恋愛ドラマ(映画も)の中の様式美。いや、しかし、それをやり玉にあげて大笑いしていた彼女たち、しまいにはこう同意して話題を他に移した。

「それ聞いて来週から観る気になったよ。突っ込みどころ満載でおもしろそう」

どうやら、そのドラマ、逆説的に人気が出そうである。良かったね(誰に?)。

激しい雨の中、濡れるのも厭《いと》わないくらいに我を忘れる恋愛模様……やれやれ。そういや、こういうのもありません? 幸せの絶頂にいる若い恋人同士の自転車二人乗り。彼らは、ベッドで飛びはねてはしゃいだりもする……実は、これらの場面すべて、私の小説を原作とした映画で使われているのです。試写を終えた後、もやもや気分でひとり溜息をついていた私。不思議なことに、一緒にいた男性陣は何の疑問も抱かなかったよう。彼らの付き合う女たちは皆、雨に濡れる種族なの? そして道交法違反者か。

18 合コンの目撃者

またもや他人のお喋りをうっかり聞いてしまった話。あ、これ、決して聞き耳を立てている訳でも、盗み聞きしようとしていたのでもないよ。何故か耳に入って来てしまうという作家の性（さが、と読みます）。まあ、結果的には同じことなのであるが。

ある日の夕方、私と夫は、散歩の途中に通り掛かったスペインバルのような店でハッピーアワーの一杯を楽しんでいた。その内にすっかり日が落ち、夕飯はどこかで食べて行こうか、などと相談し始めた頃、私たちのいるカウンターのすぐ後ろのテーブルにぽつりぽつりと人が集まって来た。ぎこちなく確認しながら腰を下ろす彼らを見ると、二十代半ばぐらい？　ほとんどの人が初対面か、それに近い感じ。どうやら合コンらしい。その数、六名だったか。企画した人物が遅れて来るらしく、なかなか距離が縮まらない様子。

あ、決して不躾《ぶしつけ》な視線を送っていた訳ではありません。人ひとりようやく通れるくらいしか離れていない彼らのテーブル。気配から声から全部、こちらに筒抜けな訳よ。客、他にいなかったし……だいたい、待ち合わせに使うような小さなスペインバルで合コンをやる方が悪ぃ！（と、聞き耳の自己弁護）

こういう時に、いたたまれず仕切ってしまう人って、いるんですね。そこでも、ひとりの男子が健気《けなげ》にも進行役兼道化役を買って出ようとして、女子に問いかけた。

「〇〇（不在の幹事）から聞いてるんだけど、×××に住んでるんだって？」

×××とは、東京近郊の田舎町である。女の子は、心外だと言わんばかりに真面目な声で激しく抗議する。

「×××になんて、私、住んでません！　×××って、殺人事件とかちょくちょく起きてるじゃないですか。あんなところに住んでるなんて言われるの迷惑なんです」

え？　×××って、そんなに物騒なとこだっけ？　ただの田舎じゃん……っていうかそんなに大きな声で否定して、後ろの私たちが、もし、そこに住んでたら、どういう気分になると思ってんの!?　と、×××とは無縁の私だが呆れたのである。義憤ってやつ？

別な男子が、笑いながら言った。

「あーあ、しょっぱなからやっちゃった！」

すると、最初にきっかけを作った彼が、わざとらしい明るさで、こう場を取り成そうとしたのである。

「大丈夫！　これから挽回するもんねっ！」

女の子がどういう表情でいたかは解らない。無言のままだった。本当に×××在住と見た。

もう！　と私は舌打ちをしたい気分になった。そこのきみ！　何故そんな女の御機嫌を取ろうとする？　そんな程度の女の子は放って置きなさい……と思いつつ、大昔、ニューヨークのクラブで、私、ニュージャージーナンバーのメルセデスより、ニューヨークナンバーのホンダを選ぶ女なの、と気取っていた馬鹿な自分を深く反省したのでした。

19 お洒落パブロフの犬

たとえば、うんと久し振りに大好きな友人と会う日。何を着て行くべきかとクロゼットを開いて楽しく迷い、ようやくこれだ！　と相応しいアウトフィットを選び出し……で、その瞬間に気付くのです。あーっ、この服、前回、あの人に会った時も着てたんだー!!　なんて、慌てることはないですか？　私はあるのである。それも何度も。いったい何故数ある服の中から、その人に会う日に限って同じ物を選んでしまうのか。

服装が、自分をこう見て欲しいというイメージの具現化であるなら、そして、その人に気分良くいてもらいたいという気づかいのたまものなのだとしたら、ひとつの服をくり返し選んでしまうのは、まったく正しい行いということになる。

あの人と会う自分というコンセプトが完成されている証明だから……なーんて。二人の関係は安定しているってことね。だいたいそういう時、相手も前回と同じ服を着て来たりする訳よ。

出掛ける前に気付くならまだ良いのだが、まったく意識せずに待ち合わせの場所に出向いて、こう言われたことがある。

「そのお洋服、ほんっと気に入っているんですね」

あ、と言われて初めて気付くのである。口の悪い男友達には、こんなふうに苦笑されたことも。

「ねえ、服、それしか持ってねえの？」

うわー、私、代わりばえのしないマンネリ女と思われてる、と情けなくなるのである。これでもお洒落して来たつもりなのにー、と。でも、一種の条件反射みたいなものに従っていただけなのね。パブロフの犬的ドレスアップ。ワンワン。

よく、「良い意味で裏切りたい」などと自分自身を人様に見せる職業の人が言ったりするけど、私は、この言葉が大嫌いだった。裏切りに良いも悪いもねーんだよーっ、と毒づいたりしたものだ。そういうのは、古今東西、「意表を突く」という極めて単純な言葉で表わされて来たものなの。そして、「良い」と判断するのは、受け取る側のチョイス。ふん、自分から「良い」と宣言するとは洒落臭《しやらくさ》い……と思っていた……いたのだが。

お洋服に関しては「良い意味で裏切りたい」って画策すること必要なんじゃなーい？　特に私みたいに、あ、またこれ選んでるって気付いた瞬間から、フレッシュな空気を取り込まなきゃ駄目なんじゃなーい？　好きな人であればあるほど、会う時に、安心感と同時に新鮮味も感じてもらいたい。自分のいつのまにか固まっちゃったセンスを深く反省……。ええ、反省はしたのだが。

差別する訳じゃないんだけど、楽しみに会いに行く相手が男だった場合、彼に、そういう意外性は全然求めてないのね。男のルックスに「良い意味での裏切り」なんて、まったくいらん。わざわざ工夫凝らしたソースかけてまずくする、気鋭（笑）のシェフによる創作料理と同じ。魚は刺身でよし！（すいません、論旨外して）

20 女同士のメインテナンス

ヴァレンタインズ・デイのお祭り騒ぎも終わり、ホワイト・デイ待ちという嬉しいはざ間は毎年やって来る。我が家も、いつもより高価なチョコレートが幸せを運んで来た。私の住む街、吉祥寺界隈には、おいしいチョコレートショップが数多くあるので、二月に入ると大にぎわい。私も、夫のために楽しく悩んで購入する。もちろん、自分の口に入ることを念頭に置いている。本来、あまり甘い物はいただかない私だが、チョコレートとはちみつとチーズケーキは大好き！　人生を豊かにする宝物だと思う。

さて、この間、アメリカのセレブリティに関するゴシップ雑誌を読んでいたら、ヴァレンタインズならぬ「ギャレンタインズ・デイ（Galentine's Day）」という言葉を見つけた。ヴァレンタインズ・デイの前日の二月十三日に女の子同士でお祝いするのだそう。ギャルとヴァレンタインをかけたという訳。思い思いに仲良しの女の子が集まって、パーティをしたり旅行をしたりするそうな。日本で言うところの「女子会」をグレイドアップしたような感じか。

やっぱり女同士っていいよね、とか、女友達は一生もの、という意見はいつの時代にもある。だって事実だもの。特に、ある程度の年齢を重ねた大人の女がそう語る時、そこにはリアリティが宿り、皆、頷《うなず》く。そうそう、女友達って最高！と。

でも、それと裏腹に、こういう言葉も常に信憑性を持って立ちはだかるのだ。

「女の敵は女」

これです。昨日の友は今日の敵。その関係の真実が表面化する前の段階は、皆さん御存じかと思うが、フレンド プラス エネミー、つまり「フレネミー」である。信頼していた筈の女友達が、実は、フレネミーであったと知るのって、本当にせつないよね。いや、自分自身も相手のフレネミーだったことをさらけ出せて、胸のつかえが下りるのか。いずれにせよ、男女の関係同様、女同士の関係も放ったらかしでは一生もんにならない、と私は言いたいのです。むしろ、こちらの方が、細心の注意を払ったメインテナンスの必要あり。あなたが信頼し切って、気を抜き、見くびった女友達、もしかしたら陰でストレス抱えているかもしれないよ？　いや、それ、私だったんだが。

　ものすごく仲が良かったのに、ぱたりと会わなくなり疎遠になってしまったという経験は誰にでもあると思う。その時、何故？　と追求する必要はない。自然とそうなった場合は縁がなかったのだ。でも、もしも原因がはっきりしているなら、きっぱりと自分の意見を主張すべし。

　昨年、私は、長年付き合って来た女友達と別れた。親しき仲にも礼儀ありという人間関係の鉄則を守れなくなって来た彼女に付き合い切れなくなったのだ。悲しいけれど、仕方ない。私たちの年代、おばさん化は避けられないが、「厚かましい」おばさん化は許せなかった。（この項続く）

21 続、女同士のメインテナンス

前項で、長年付き合って来た女友達と絶縁してしまった、と書いた。もう半年以上が経つけれども、今でも、他にやりようはなかったのかなあ、などとふと思う。と、同時に、どのようなやり方でも、この事態は免れなかったであろうことを、私は、心のどこかで知っていたような気がする。こちらがいくら心を砕いたって駄目なのだ。人間関係のメインテナンスは、こちらが投げたボールを相手が返してくれてこそ効果が現われるものだから。たとえ早い段階でストレスを溜めた私があれこれ小出しに訴えたとしても、彼女には何のことやらさっぱり解らなかっただろう。いや、最終段階で、私が思いのたけをぶちまけた時だって、まったく解っていなかったもの。この徒労感。

親しき仲にも礼儀あり、というのが信条の私と、親しいのに何で気をつかわなきゃならないの？　という彼女は、もしかしたら元々合わなかったのかもしれない。どちらが悪いとも言えないだろう。でもでも、一方的に溜め続けたストレスに、相手がまったく気付いていないのだと思い知らされた時には愕然《がくぜん》とした。馬鹿だな、私。日頃から、きちんと言葉を使わなくては駄目、以心伝心なんて有り得ない、と言ったり書いたりしているというのに、肝心な時に不満を吐き出すことが出来なかった。

私の不満。それは、ギヴ・アンド・テイクの成り立つフェアな関係を築けないでいたことだった。「ギヴ」という行為は、与えたいという欲望から来るもの。でも、与えっぱなしでは、その欲望をまっとうした喜びは得られないのではないか。私は、誰かに何かをしてあげたら見返りが欲しい。その見返りが「テイク」と呼ばれるものだが、そこには人の数だけ価値観がある。物質的な見返りもあれば、目に見えない思いやりの場合もある。

私は、と言えば、誰かに何かをしてやりたいという欲望に駆られて行動した場合、見返りとして受け取りたいのは「ありがとう」を始めとしたささやかな感謝の言葉だ。もちろん感謝されたくて、誰かのために何かをしてやろうとする訳じゃない。でも、その言葉は魔法の言葉。耳から、そして、手紙などに書かれていれば目から、すぐさま幸せが注ぎ込まれて、心をあったかにする。だけど、そんな簡単に実現出来る幸せのこと、皆、いつのまにか忘れてしまうんだよね。件の女友達だって、昔は、感謝のための優しい言葉をいくつも持っていた。なのに、最後の方では、それらは消え失せ、私は、ただの便利屋のように扱われていたのだった。いや、もしかしたら、ただの身内か。でも、私、違うから。

　私は、好きな人々のために、いつだって「使い勝手の良い人間」でありたいと思う。しかし、他人からそう思われるのはまっぴらなのだ。人間関係において、「使える」「使えない」を平然と口にする人の顔を見てごらん。とてつもなく卑しいから。あ、でも私、家の電球交換してくれる夫に言っちゃったっけ。だんな、使えるねー、って。

22 お洒落弱者の言い分

『神は細部に宿るのよ』
『服なんて、どうでもいいと思ってた。』
『人は見た目が１００パーセント』

　これらは、私の大のお気に入りの漫画の題名である。作者は順番に、久世番子さん、青木Ｕ平さん、大久保ヒロミさん。この三作品に共通するテーマは「お洒落」。でもね、ファッションデザイナーの成り上がり物語でもなく、スタイリッシュキッズの青春物語でもなく、最先端の感性を披露するブロガー物語でもない。お洒落弱者がお洒落強者を仰ぎ見て、あれこれと物議を醸す、ファッションあるあるエピソード満載のおもしろコミックスなのだ。

特に『人は見た目が〜』は女三人組のやり取りが最高！　某製紙会社の研究者である彼女たちのグループ名は、「ＪＳＭ」。日夜、自分たちの研究にまい進するメンバーであるが、その仕事を終えた後、彼女たちはさらなる研究に取り掛かる。お題は、毎回、「お洒落」にまつわるもの。お洒落強者が難なくクリアしているアイテムや振る舞いが、どうしても自分のものにならない……何故？　その答えを見付けるために、さあ研究しよう！　挑戦しよう！　となる訳だが、その描写が、もう、すっごくおかしいのね。情けないトホホ感とか、勘違いの馬鹿馬鹿しさに大笑い。そして、ついには、あ、それ、私もそう！　と共感の嵐。世の中のお洒落強者には解るまい、このペーソス……と、自分も彼女らの仲間になった気分で声援を送っちゃうのね。

　たとえば、研究テーマが「ガウチョパンツ」だった回。ガウチョがなんだか調べたところ「南米で牧畜に従事していたカウボーイ」と判明。よし、それならとコーディネートしてみたらほんまもんのカウボーイになってしまう。この完璧さはスキがない……スキがない女はもてないと聞いた……とあれこれトップスとの組み合わせを考えてみるのだが、結局、スカートでいいんじゃないの？　という結論に行きかける。それなのに、お洒落上級者の女子たちは「ガウチョ、カワイイー！」と言うのである。ＪＳＭのメンバーには、その「カワイイ」の意味が今ひとつ解らない。

　実は、私もそうなんだよ！　お洒落ワールドの中で生まれるボキャブラリーの数々が時々、本当に解らない。解った！　と思ったら、もう消えていたりして、本当にサイクル短いよね。いいや、もう、私、弱者で。

　今、私が、耳にするだけで、体じゅうがむずむずするのは、「スカーチョ（スカート＋ガウチョ、たぶん）」、そして、ＣＭでやっている「スカンツ（スカート＋パンツ、たぶん）」。女性誌で連載しててこんなこと言うのもなんだけど、これらの名称って、本当に皆、口に出して使ってるの？　この語感と響き、私には、とてつもなくアグリーで、お洒落とは程遠く感じられるんだけど？

23 男にはバランスをお願い

私の夫は、ファッションに、まるで疎い男。ちょっとはお洒落してみよう！　などと私に励まされたりするだけで、薄暗ーい表情を浮かべる、被服に興味のない奴なのだ。どのくらい興味がないかというと……。

その日、私は、冬物の整理をしていた。衣替えの手前の季節。もしも、再び寒くなった時のために、こっちはまだ仕舞わないでおこう……などと、あれこれ選別しながら迷う、大変ではあるけれど、甦《よみがえ》る思い出に浸ったりして、これはこれで、なかなか楽しい作業である。

いくら何でも、もう必要ないだろう、と真冬に着用したマフラーをクリーニング行きにし、春先の薄手のものにチェンジ！　うちの場合、それら小物がクロゼットの上の棚に置いてあるので、たまたま休みで家にいた夫に救援を頼んだ。届かないよー、この箱下ろしたら他のもんが落ちて来ちゃうよー、とか何とか。夫はすぐさま駆け付けて、すみやかに手伝ってくれた。背の高い生きものが家にいるっていいね。へへへ。感謝する妻。しかし、作業中にひらひらと落ちて来た何枚かのスカーフを拾いながら、夫は言ったのである。

「このハギレとかって、上に戻すの？」

……ハギレ？　はぎれ？　端切れのことか！　だんなさん、それ、エルメスのスカーフなんですけど……。ブランドとは、ほとんど縁のない私ではあるが、それでも、エルメスのスカーフは好きで、一枚、また一枚と海外に行くたびに買い足していたのだ。その手触りを愛しながら、あちこちで役立てていたマイ・エルメス・コレクション。それを、よくもよくも、端切れなどと！

で、夫は、「もうちょっと着るものとか気をつかったらどうなの!?　この間だって、二人で出掛ける時やっとスーツを着てくれたかと思ったら、勝手に足許スニーカーに替えたりしてさ、宍戸錠か！（古くてすいません。そういや、昔、

『大統領の陰謀』というウォーターゲート事件を扱った映画で、ダスティン・ホフマンもタキシードにスニーカーを履いていて、それは格好良くって……いや余談です)」、などと妻の私にがみがみ言われたのでした。どこ吹く風という感じで逃げて行きましたが。

でもね、もちろん、私の夫ほど気をつかわないのは問題ありだけど、ファッション業界の人間でもないのに、お洒落のことばっかり考えてる男ってどうなのって思ってしまう。こいつ、裸じゃ勝負出来ないんだなって、マッチョな男みたいになってしまう私。ええ、頭からっぽに見えるよ、と偏見の塊になって毒づいたりもします。バランス！　問題はそこなんだよなー。ほど良く自身を引き立てるために、男はモードを手下にして欲しい。

まったくお洒落を解っちゃいない我が夫だが、仕事に行く時のスーツ姿はまずまずだと思う。ユニフォームとしての必然がそこにある。仕事の成果を得るためだけの辛口。余計な装飾は何もない。でも、実は、キーホルダーにリラックマ付いてるんだよね。彼なりのお洒落か。

24 ハゲちびコンプレックスの謎

「あの人、いい男だよねー、背が高くてさ」

などと、うっかり口にしてしまうこと、ありませんか？　私の周辺では、女によるそのうかつな発言を決して聞き逃さずむかついた男たちが、こう呟いて抗議する。「かっちーん！」

もちろん、彼らの背は決して高くない。あらー、気を悪くさせちゃったかしら、と私などは、こう付け加えて、ますます気まずい空気を作り出してしまったりする。

「あ、でも、背の高さが人間性を決める訳じゃないから……」

あたり一面、どよーん。これ、髪の薄い男性の前でも、たまにやっちゃうんだよね。同じようにうっかり発言を修復しようとして、またもや窮地に。

「あ、でも、髪の毛の多い少ないが人間の価値を左右したりしないし」

とか何とか。そして、相手の気分が少しも改善されていないのに焦って、こう続ける。

「ほら、ショーン・コネリーとか、すごくセクシーじゃない？」

すると、たいてい相手は憮然《ぶぜん》としてこう答えるのである。

「おれ、ショーン・コネリーじゃないから」

あー、面倒臭い！　男は、どうして、かくも身長と髪の量にこだわるのか。そして、低さと少なさがコンプレックスの原因になるのか。そんなんで男の価値は決まらないんだってばっ（まだ言ってる）。この間亡くなった天才アーティストのプリンスなんて、157センチだったそうだよ。トム・クルーズなんて、名だたる長身の美女たちとくっ付いたり離れたり、浮き名を流して来たではないか。あ、でも、ニコール・キッドマンは、彼と離婚した直後に、これで、ようやくハイヒールが履けるわ！　と言い放ったんだっけ……ごめん、あんまり例が良くなかったね、私の周囲のちびすけくんたち。

ちびすけ！　この可愛らしい響きよ。まさか、この呼び方、差別的カテゴリーに入ってないよね。アメリカでは、一時、ポリティカル・コレクトネス（政治的に正しい言い換え）の嵐で、ちびを表わす“short”を“vertically challenged”に変えるべきだと言われていた。ヴァーティカリー・チャレンジドって「垂直にがんばってる」って意味だよ⁉　どうがんばるんだよっ！　垂直に！　私は、差別的と非難されても、愛情を込めて、あえて、ちび、ハゲと呼び続けるよ。横になって、電気消してからが勝負じゃん！……って、私、またもや自分から雰囲気を悪くしている？

　たまたま、あるカタログを見ていたら「シークレット・インソール・靴下パッド」なる商品を見つけちゃったよ。シークレットシューズの靴下版ね。あー、もう！　せせこましくて悲し過ぎるよ。だから背の高さは人間性には……以下略。

　女の子のインソール・スニーカーは美脚見せアイテムとして、少しも恥じることなく認知されているのにねえ。あ、でも、もしかして、寄せて上げるブラとかは男たちに同じこと言われてたのかな。

25 年上の義務放棄の日

山田玲司さんの『年上の義務』（光文社新書）という本を読んだ。著者は『ゼブラーマン』などで知られる漫画家で、二百人を超える著名人へのインタヴューシリーズ『絶望に効く薬』も刊行している。その経験値から導き出した示唆に富む指南書が本書。これによると、年上の義務たるものの中心は、この三つ。

「愚痴らない」

「威張らない」

「ご機嫌でいる」

なーるほど！　と思った。年上の義務というよりは、すべての人々の人生目標となるべきスローガンだが、まずは手始めに「年上の自分」を意識することから始めてみよう。私、これから、常に「ご機嫌」を心掛けるもんねっ！……と、決意したのだが。

この間、私は、川端康成文学賞というのをいただき、その受賞作を含む短編集がようやく刊行された。去年から今年にかけて、こつこつと書きためたものが、ようやく苦心の末に一冊の本としてまとまり、その上、賞までいただけたのだから、感激もひとしお。それこそ、「ご機嫌」な気持で、いくつもの新刊インタヴューを受けたのである。

そのどれもが、誠実で真摯なもので、私も、自分の正直な気持を言葉に託して質問に精一杯答えたつもり。でも！　敵は最終日にやって来たのである。

もう小説家としての私のキャリアも三十年以上になる。だから、自分の言葉が、まったく通じない人間がこの世には何人もいるというのはじゅうじゅう承知である。しかし、インタヴュアーとして、私の許にやって来る人には、少なくともこちらの書いた小説には興味を持って欲しいではないか。

その女性記者は、まるで私の話を理解しようとしないのであった。あまりにも、噛み合わない会話に、私は混乱していたものの、それでも言葉を尽くしていたつもりだったがままならない。その内に、彼女は、決してプロにしてはならない質問をしたのである。

「山田さんにとって、小説を書くって何なんですかあ？」

途端に脱力して伏せてしまった私に彼女は追い打ちをかけた。

「あはっ、すいませーん、カックンってさせちゃったかなー」

ここで、私は「年上の義務」を放棄して不機嫌になり（すぐに取り繕ったが）、「私、二十年小説なんか読んでないんで～」と言い残してその女が去った後、担当編集者に愚痴り、夕食時には訳もなく夫に威張ったのである。年上の義務、三つとも全滅。あーあ。

後日、私がいただいた川端文学賞の授賞式で、件の女性記者に再会した。近寄って来た彼女は、おめでとうのひと言もないまま、「あー、この間、聞き忘れたことあったんですけどお～」と、祝いの席でインタヴューの続きをしようとするのであった。どうなってんのー⁉

26 大人のおかあさん禁止令

　ひと頃、私の周囲で問題視されていたのが、あるテレビＣＭ。リオオリンピック開催キャンペーン用のものらしいが、あのテニスの錦織圭選手が母への感謝の気持を語る。いえ、母ではなく「おかあさん」。何度となく「おかあさんは〜」と口にしながら、自分が十三歳で親元を離れてからの母親の思いやりがいかに深いものであったかを、視聴者に教えてくれる。そして、最後に、「お母さん、ありがとう」。

　いや、この最後のひと言は良いのだ。それは、母に向かって伝えたものであるから。これ、小説で言えば、かぎかっこの中のこと、つまり会話文。

　問題は、その前の部分。これまた小説で言うなら「地の文」ってやつね。第三者に向けての状況描写や語りに当たる。あなたと私、以外の人々に向けられたものな訳よ。つまり、対パブリック、おおやけ。そこで、とうに成人した人間が、自分の親を「おとうさん」「おかあさん」と呼ぶのってどうなの？　という話なの。それも、世界のトッププレイヤーがさ。彼が悪いんじゃないのは解っているが、私が気持悪いのは、その制作側の人たち。なんでわざわざ、トップアスリートを幼稚に見せるかなあ。ほんと、苛々するよ！

　なんてことを書くと、えー、自分、おとうさん、おかあさん好きだしー、それに、そう呼んでも誰にも直されたりしたことないしー、と思うお嬢さんたちもいるでしょう。

　だけどさ、公的な場で、自分の親を「父」「母」と呼ばない人についてどう思う？　と尋ねた場合、私は、「不快！」「馬鹿！」と答える知り合いをすぐさま十人は挙げることが出来る。でもね、誰もその人に直接注意したりはしないの。面倒だから、ただ見くだすだけ。若い子だったら軽く、いい年齢した大人だったら激しく。

T.P.O.を守っていれば、どんな呼び方をしようが良いのである。私も、身内や親しい友人には、自分の親をパパ、ママと言ったりするし。男友達が「おふくろ」なんて呼び方するのは、むしろ好ましいくらい。ママは、飲み屋のおかみさんくらいにとどめて置いていただきたいが。

反対に言えば、それまで好感度が低かった若いタレントさんなんかが、親を「父」「母」と呼ぶと、それだけで好きになっちゃう。正しい日本語のハードルは、今、驚くほど低いのに、使わないとは、もったいない。

私の姪の小学校低学年頃の連絡帳には、私と過ごした楽しいひとときが幾度となく登場していた。それを読んだ先生が「すてきなおばさんがいて良かったね」と返信。すると、姪は猛抗議。いわく、「せんせい、エイミーはおばさんじゃありません。私のおばです。まちがえないでくださいね」。それに対して「このばあい、おばさんは年をとったといういみではないのよ。山田さんの『さん』なの」と先生。彼女の苦笑が見えるよう。叩き込み過ぎたかなあ、伯母として。

27 パーティのうつけ者モード

　私の夫が、ファッションというものにまるで疎い男であるのは、前にも書いた。たまにはお洒落してみよう！　と私がはっぱをかけるだけで暗〜くなってしまうと。

　しかし！　そんな彼の態度にもめげず、地道に指導する妻の私である。いや、私も別にお洒落に自信ある訳じゃないんだけどさ、せめて一緒に出掛ける時ぐらい、少しでも気をつかって欲しいのが女心というもの。で、部屋の目に付く所々に、さり気なく（というかわざとらしく）、男性ファッション誌を置きっぱなしにしたのだが、全然、効果なし。いつのまにか私の方が、メンクラ（「MEN'S CLUB」）なんかを愛読してしまい、男性ファッション好きになっている。なんか、すごい徒労感。仕様がないなあ。

と、いつまでもぼやいてはいられなくなったのだ。しばらく前に、川端康成文学賞という賞をいただいた私。その授賞式がせまって来ていた。一緒に出席する夫のスーツを見立てなくてはならない。何しろ、彼が持っているスーツは、すべて仕事用で、まったく華やかさに欠けるのだ。

で、出掛けた場所は某デパートメントストア。ハイブランドの路面店なんてとんでもない。洋服屋の店員さんと話すのが大の苦手の夫（私も得意ではない）が、デパートに入っているショップなら少しは心静かに選べたようで、妻に付き添われてグレーのスーツを調達した。なかなかシックで良い感じ。夫も少し調子に乗って、白髪の交じって来たおれの坊主頭に似合うかも、なんて悦に入っていた。そして、授賞式は滞りなく終了。目出たし。

それから一カ月後、今度は、私が選考委員を務める芥川賞・直木賞のパーティに二人で出席することになり、夫は、また同じスーツを着た。やはり似合ってはいるけれど、うーん、なんか、ちょっとシルエットが変じゃない？　と思った私は、夫の上着をチェックしていて発見したのである。

「ちょっとー、何これ!?　サイドのスリットのしつけ糸、両方共取ってないじゃん!!」

　そう、サイドベンツに割れた裾が、ばってんに縫い付けられたままになっていたのだ。と、いうことは、だよ?　前回の目出たい私の授賞式でもこのままだったってこと?　き、気付かなかったよーっ、と後悔する私。そんな妻をながめながら夫はこう言ったのさ。

「え?　この糸って取るもんだったの?」

　ううっ、そこ?　そこからですか……溜息をつきながら鋏《はさみ》を取りに行った私なのでした。でも、ま、中途半端にお洒落にうるさい男よりいっか……私も人のこと言えないしね。

　パーティ会場に着くと、旧知の女性編集者が私を見て駆け寄って来た。あれ?　彼女の着ているワンピース、見たことあるよ。もしや、前回、私と会った時と同じ物じゃないの?　そして、実は私のドレスも彼女と会ったその時と同じ物。ねえ、もう一回だけ着てからクリーニングに出そうと思ったんでしょ、という私の問いに、げらげら笑って、解った？　と言う彼女。解るのよ、手抜き仲間は。

28 ヒョウ柄ウォッチ

ヒョウ柄と言えば大阪のおばちゃんの必須アイテム。歩いていてヒョウ柄に遭遇する率の一番高い土地、それが大阪！　と思っていた人も多いでしょう。私も同じ。そういうイメージが刷り込まれていました。

しかーし！　ＴＶで知って、へえ？　とびっくり。どうやら意外なデータが出ているらしいのよ。実は全国で、ヒョウ柄率が一番高いのは、埼玉県なんだって！　次が大阪。そして、岐阜と続く。

それ、ほんと？　と思っている内に、番組内では、道行く女性（老いも若きも）の服や持ち物を検証して行く。そうしたら、やはり、ヒョウ柄がいっぱいの埼玉。ひとりのおばさまのお宅にお邪魔してみたところ、ソファーにもベッドカバーにもカーテンにもヒョウ柄が。もちろん、ハンカチやネッカチーフ（スカーフより、こちらの呼び名が相応しい）も。すごーい！　ヒョウ柄だらけだー。とインタヴュアーが目を見張る。私もさ。

　いや、でも、再び、しかーし！　少しも派手ではないのは色味のせいか。何故か、大阪のおばちゃんのようなアグレッシブな感じや迫力はない。で、比べてみて判明したのであった。大阪のおばちゃんの好きなヒョウ柄には、ちゃーんと豹の顔が付いている！

　そう。Ｔシャツにもチュニックにもワンピースにも、顔付きで登場して、ガオーッと他者を威嚇しているのである。色合いも全然違う。埼玉が、豹の点々した模様を借りましたというデザインとしてのヒョウ柄だとすれば、大阪は、野性のアピール。ヒョウ柄というよりヒョウ皮？　一位の座を埼玉に奪われたのを知った大阪のおばちゃんたちは、悔しいっ！　絶対に挽回したるでーっ、と息巻いていた。がんばれーっ。でも、同じヒョウ柄でも、全然コンセプト違うような。

　ちなみに、私も、うんと若い頃、ヒョウ柄のドレスで夜遊びしていた時代があります。最小限の布しか使っていない、超ミニのチューブドレスで、服というより、もはや衣装？　それを身にまとって、夜の赤坂、六本木、そして基地周辺に出没していました。気分は、なりきりシーラ・Ｅ（八〇年代に一世を風靡した美人パーカッショニスト。プリンスの恋人だった）。何しろ、まわりの人々も皆、そんなふうに派手だったので、全然、恥ずかしいとも思わなかったのである。あー、若いって恥ずかしい。だからっ！　あんたは、シーラ・Ｅじゃなかったんだってば。ごめんなさーい！　もうしません（当たり前か）。

　動物柄をまとうって、どういう心理からなのだろう。動物と一体化したいのか、野性的な自分をアピールしたいのか、自然に帰りたいのか。実際に、皮革や毛皮を愛好するのとは、また違うことだしね。まあ、いずれにせよ、動物愛護とはあまり関係のないことのようで。

　そういや、ＴＶで豹のコスプレした作家の岩井志麻子さんを見るたびに、東京でヒョウ柄率一番高いのは、彼女の五メートル圏内だ！　と意味もなく頼もしくなる。あ、あれ、ただの柄じゃなくて、役柄だった？

郵 便 は が き

料金受取人払郵便

代々木局承認

6948

差出有効期間
2020年11月9日
まで

1 5 1 8 7 9 0

203

東京都渋谷区千駄ヶ谷 4 - 9 - 7

(株) 幻 冬 舎

書籍編集部宛

1518790203

ご住所 〒 都・道 府・県	
	お名前 フリガナ
メール	

インターネットでも回答を受け付けております
http://www.gentosha.co.jp/e/

裏面のご感想を広告等、書籍の PR に使わせていただく場合がございます。

幻冬舎より、著者に関する新しいお知らせ・小社および関連会社、広告主からのご案内を送付することがあります。不要の場合は右の欄にレ印をご記入ください。

不要 □

本書をお買い上げいただき、誠にありがとうございました。
質問にお答えいただけたら幸いです。

◎ご購入いただいた本のタイトルをご記入ください。

『　　　　　　　　　　　　　　　　　　　　　　　　　』

★著者へのメッセージ、または本書のご感想をお書きください。

●本書をお求めになった動機は？
①著者が好きだから　②タイトルにひかれて　③テーマにひかれて
④カバーにひかれて　⑤帯のコピーにひかれて　⑥新聞で見て
⑦インターネットで知って　⑧売れてるから／話題だから
⑨役に立ちそうだから

生年月日　西暦　　年　　月　　日（　　歳）男・女				
ご職業	①学生	②教員・研究職	③公務員	④農林漁業
	⑤専門・技術職	⑥自由業	⑦自営業	⑧会社役員
	⑨会社員	⑩専業主夫・主婦	⑪パート・アルバイト	
	⑫無職	⑬その他（　　　　　　　）		

このハガキは差出有効期間を過ぎても料金受取人払でお送りいただけます。

ご記入いただきました個人情報については、許可なく他の目的で使用することはありません。ご協力ありがとうございました。

29 おもたせ、おあいそ、贈り物

某ライフスタイルマガジンを読んでいたら、「おもたせ」に関するエッセイがあった。それは、センスの良い暮らし方を提案する男性の書き手によるものだったが、その人の定義する「おもたせ」って、どうも正しくないみたいなんだなあ。彼は、どうやら訪問先への心づくしの手土産のつもりで使っているみたい。人とのふれあいを求めて、僕は今日もおもたせを買っている、というような使い方。でも、それ、間違ってますよ。「おもたせ」とは、人が持って来てくれた贈り物のことを言う。お土産の尊敬語な訳。もらった人が、その場で開けて、一緒にいただきましょう、という時に使う。「おもたせで申し訳ありませんが……」なんていうふうに。自分の持って来た品物を「おもたせ」なんて呼んだら、自分が自分に敬語使っていることになっちゃうよ。日本語のややこしい洗練。

これに似たような間違いを犯してしまう言葉に、お鮨屋《すしや》さんなんかで支払いを頼む時に使う「おあいそ（お愛想）」というのがある。でも、これ、実は、店側の人が使う言葉。お勘定の際に、店の人が「愛想なくてすみませんねえ」と勘定札を渡したのが始まりだとか（愛想のある料金設定とは何なのかって問題もあるのだが）。

昔、年上の男性に高級鮨屋で御馳走になった私。最後に、その彼が、「おあいそ」と言ったのね。で、黙ってりゃ良いものを、私は、間違いを指摘してしまった。え？　そうなの？　と板前さんに尋ねた彼。え、ええ、まあ……と気まずーい表情の板前さん。お得意さんに嘘はつけず、しかし、長らく使われて来た言葉の間違いを正すことも出来ず……私もしまった……と自分をぽかりと殴ったのでした（心の中で）。正しいことを言うのも、時と場合によりけりと学んだ……のだが、言う時は言うよ（開き直り）！　いや、しかし、フィンガーボウルの水を飲んだ女王様のエピソードもある訳だし……迷うところである（誰もが知っていると思うが、念のために言うと、晩餐会で指を洗うためのボウルの水を飲んでしまったお客人に恥をかかせないよう、女王様も同じことをして見せたという教訓話)。

話は戻るが、手土産にしろ、プレゼントにしろ、人に贈る物を選ぶのって本当に難しい。ま、こんなもんだろ、とタカをくくって品物を選ぶと、酒を飲まない人にシャンパンとか、甘い物の苦手な人に高級ようかんなんてことになりかねない。高価なら良いってもんじゃないんだよね。

前に服飾評論家のピーコさんに尋ねたら、「憧れても、絶対に自分じゃ買わない物ね」と、即答。たとえば？　という問いに彼（彼女？）は、こう返した。

「一個一万円の石鹸なんていいわね」

ふーむ、さすがです。以来、私も考えるようになったのだが……つい自分の好みで料理嫌いにトリュフオイルとか贈っちゃうのね。

30 猫に小判かお魚か

前項で、贈り物を選ぶのは難しいと書いた。そこには色々な難しさがあると思うのね。たとえば、自分の好きなものと相手の好きなものが必ずしも一致している訳じゃないという事実。まあ、嫌いなものさえ一致していれば、大喜びはされなくても、げんなりされたりはしない。でも、それだと当たり障りのないプレゼント……というより、品物の受け渡しみたいになっちゃって、何かつまらない。相手の儀礼的な喜びようを見て、あげない方が良かったかも、なんて思ったりして。

それよりも問題なのは、贈り物自体が「猫に小判」の言葉通りになってしまうこと。その品物の価値を相手がまったく解ってないと気付く時は、ほんとせつない。そしてまた、こちらが受け取った際に、その素晴らしさが理解出来なかったりすると、申し訳ないなあと思う。ずい分と時間が過ぎ、ようやくありがたみが解ると、ああ、あんななおざりな御礼の仕方しちゃって、馬鹿馬鹿と自分をなじったりする。ものをいただいた時の嬉しさの質は、年齢によって変わって行ったりする訳よ。

　高校の頃のヴァレンタインズ・デイのこと。付き合っていた他校のサッカー部の男子にチョコレートとタオルをあげた。でも、包みを開けた時の彼の拍子抜けした表情ったら！

　そりゃね、地味なチョコとタオルだけどさ、実は、チョコは国がどこだったか忘れたが、ヨーロッパ産のシックなタブレット型で、そのシンプルな塊をシルバーのハンマーで割るようになっていたの。そこらの店先に並ぶヴァレンタイン用のきらきらした安っぽいのとは、ぜーんぜん違う、と自負してた。

　そして、タオルは、部活の後に、これであなたの汗を吸い取らせて！　という意味を込めて、しっかりとしたアメリカ製の高級タオル。チョコのパッケージもタオルの色も深い深いモスグリーン……どうよ、スタイリッシュだと思わない？

と他の女の子たちとは違う自分を常に意識していた私は得意だった……のだが、彼氏は、なーんか地味～なつまんないプレゼントもらっちゃったな、という表情をありありと浮かべていたのだった。

きーっ、ものの価値の解んねえ奴だな、とがっかりし、途端に幻滅してしまった私だが、今なら解る。彼は、もっと、ふわふわした心躍るプレゼントが欲しかったのね。心の甘酸っぱさを楽しみたかったんでしょう。それなのに、我ながら渋いじゃん！　と悦に入っていた私。まったく、可愛くないです。案の定、その後すぐにふられてしまいました。自分の価値観の押し付けは良くないと学んだ次第。タオルかあ……運動部の男子にそれって、ほーんと、ロマンティックじゃないわ。当たり前過ぎて猫にお魚。

そう言えば、この間、ＴＶを観ていたら、離婚危機を囁かれ続けている芸能人夫婦の奥さんが、巷の噂を払拭するかのように、夫の誕生日に手縫いのＴシャツを贈ったと熱く話していた。自分の髪の毛も縫い込んでいそうで、すごく怖かったです。

31 がんばれ！ 大御所回避

初めて仕事をする人たちとカフェで顔を合わせた。皆、綺麗《きれい》で感じの良い若い女性たちである。誰もが私に気をつかって話してくれているのが伝わって来て、こちらも少し恐縮してしまう。話の流れで、私に何度かこう言うのである。

「こんな大御所の人たちにお引き受けいただけるなんて……」

……大御所か……複雑な気持であった。聞けば、私以外の「の人たち」は、全員が私よりうーんと年下。

隣にいた、この仕事の間に入ってくれた私の友人編集者が、げらげら笑って言った。

「詠美、大御所の中の大御所じゃん！」

「うーん、年季入ってるだけなんだが……」

「いよっ、大御所！」

はー。使われてみて解りました。大御所って、年寄りってことだったのね。そう言えない時に使う丁寧語だったのね、ぐっすん。

もちろん、彼女たちは、私を年寄り扱いするために言ったのではないのは解っている。キャリアに敬意を払いたくて口にしたのだろう。でも、私は感じてしまったの。大御所って、なーんか、かっちょ悪ーぃ！

と、ここで思ったのだが、世の中には大御所と扱われたい人と、そうでない人がいるようだ。私は、断然、後者。え？　それにしては、威張ってる？　仕方ないのよ、ただの偏屈な女なんだからさ。そして、将来のイケズな嫌われもんばあさん志願なんだからさ。ええ、このわたくし、可愛いおばあちゃんになりたーい、なんて言っている女を見ると、けっ、それ公言する段階で可愛くないね、と思ってしまうひねくれ者なのである。

大御所と呼ばれたい人は先生とも呼ばれたがるもの。私もたまーにそう呼ばれるのだが、ち、止めてくれないかなーと思う。謙虚だからではない。何だかもてない感じがするからである。そうなんだよ。大御所、先生、重鎮、大家（おおや、なら良し）……これらの言葉って、キャリアと共に、もったりしたものが、どんどんこびり付いて行ったようで、全然、身軽じゃない感じ。そして、そういうこれ見よがしの存在感にクールさ皆無。

でも、難しいのは、たとえ御世辞やおべっかと解っていても、そう言われた場合、むやみに否定は出来ないということ。やみくもに、とんでもないです、などと手をひらひらさせたりしたら、卑屈な感じでみっともない。こういう人って、けっ、本当は、自分、偉いと思ってるんじゃない？　なんて陰口を叩かれたりしているものだ。

否定するでもなく、得意気になるのでもなく、泰然自若と「大御所」という言葉を受け止められる人は、すごい。でも、男女を問わず、もてる大御所は身軽なのよね。

ちなみに私、夫から「ブンゴー」と呼ばれています。文豪ではなく、ブンゴー。気の利いたこと言うとビンゴ！　のノリで「ブンゴ！」と言われるのだ。

32 甦れ、きらめくお洋服！

きらきらしいお洋服の大好きな、そして似合う、加えて、そのことで有名な男性編集者が、私の家にやって来た。彼、Sくんは私の担当であるが、その日は別な重要案件による御訪問。実は、彼に、私の着なくなった（と、いうより着られなくなった）服を引き取ってもらうことになったのである。そのための衣装合わせってやつね。

私の家には、ニューヨークのクラブで着たり、朗読会で身にまとったり、時々引っ張り出してながめるだけだったりする、ものすごーく派手な服が沢山埋蔵されているのである。おまえは、ドラァグ・クィーンか!? と言われちゃいそうなすごいものもあり、どうしたものかと頭を悩ませていたのだ。

ほとんどが未使用、もしくは一度しか着ていないもの。そして、いまだに思い入れがあって捨てられない。でも、派手過ぎて誰ももらってくれない、そういう種類のアウトフィット、いや、もうほとんど衣装。コスチュームの域。それらを着て、どういうコスプレになるかって？　先に述べたドラァグ・クィーンはもとより、ロッカーであり、Ｒ＆Ｂディーヴァであり……そう、ステージに立つ人々ね。

マドンナにも、レディー・ガガにも、スティーヴン・タイラーにも、ビヨンセにもなれる！　その昔、ヴォーギングというダンスが生まれたゲイクラブのドキュメンタリー、『パリス・イズ・バーニング』なんて、そのまんま出演出来るね。

私は、もの持ちが良くて有名な人間。ひとたび気に入ると、とことん大事にする。大切に保管する場合もあれば、使い倒しながら今に至ることも。妹が八歳の時におこづかいで買ってくれたプレゼントのコーヒーカップは今でも愛用しているし、母が六十年前の新婚旅行で着たジャクリーン・ケネディっぽいセットアップも健在（それを着て三十年前に直木賞をもらったよ）。

でも！　寄る年波。後何年かで迎える還暦に向けて、ライフスタイルを少しずつ変えて行くべきかもなあ、と思い始めたの。それには、まず、身の回りをすっきりさせることから！　だいたい、いくら気に入っているからといって、うちには不要品が多過ぎる！

と、いう訳で、冒頭のＳくんにおいで願った訳よ。上半身でぶの私と、男性にしては華奢《きやしや》なＳくん。ぴったり合致するものもあるのでは。かくして、彼に似合いそうなゴージャス系を発掘。

で、ありましたよ。某ロックショップで購入した紫のコート。襟元から裾にかけてと、袖口がど派手なボアでトリミングされていて、背中にはブリンブリンな刺繍がいちめんにほどこされている。その他、フリンジの長さが五十センチくらいあるポンチョとか。

彼、翌日、そのコートを着て出勤したそうです。間違いなく、その区で一番派手な男だったとか。ヤッホー、東京のプリンス（固有名詞ね）！　あの紫の殿下が甦って降臨だね‼

33 若く見られて困っちゃう？

その日、私と夫は、夕方の散歩の途中でカフェに立ち寄り、ワインを飲んでいた。いつもはすいている店なのだが、土曜日ということもあって混んでいた。せまい室内のテーブルは、ほとんど埋まっている。

住人の私たちにとっては、吉祥寺は普段着の街だが、週末に訪れる若者たちには格好のデートスポットなのかも。お洒落なショップやカフェも沢山あるし、王道デートに相応しい公園もあるし。でも、案外、大人がのんびりとくつろげる店って少ないんだよなあ……私としては昼下がりにシャンパンを飲める店がもっとあるとありがたいんだが……と、それはともかく。

私たちの背後のテーブルの客の会話が、どうしても耳に入って来てしまう。別に大声で話している訳ではない。昂揚《こうよう》感たっぷりなのである。デートだ、と思った。しかも、まだそれほど馴れ合ってない二人。そういう男女の話し声って、明らかに周囲とは違うトーンだよね。うわずってる。

さり気なさを装って後ろに視線をやると、年の頃、二十代後半だろうか、地味でもなく、派手でもなく、ごく普通な感じの二人。でも、本人たちは、自分が普通とは少し違うのをそれぞれにアピールしている。特に女の方。

「この間、ひどいことがあったの」

「え？　どうした？」

「私、ＪＫに間違えられちゃったんだ」

「いいじゃん。元々、若く見えるしね」

「良くないよお。いつもいつも若く見られて。ガキだって言われてるようなもんじゃない？　屈辱だよお。もう二十八なのにー」

え？　と思って、今度は思い切り振り返って見てしまった。ＪＫ……女子高生のことですよね……見えないよっ、あなた、ちゃんと二十八に見えてますからっ！

その後、もう大人なんだから若く見られたくない、と甘く拗《す》ねたような声でぶつくさ言う女と、若く見られるきみは可愛いよ、と優しく諭す男のやり取りが延々と続くのでした。

あれ、絶対に周囲に聞かれているのを意識していた。そして、他の席の女共をマウンティングしてたね（そうでしょ!? 瀧波ユカリさん！ 犬山紙子さんとの対談集『マウンティング女子の世界』参照）。

驚いたのは、いまだに男女がこういう価値観を共有していることだ。この女って、本当は、ものすごく面倒臭いやり方で、若く見える自分をアピールしている訳でしょ？ つたなくって、頼りなげで、男から見たら放って置けない、女の子なワ・タ・シ。すいません、二十八歳のあなた、それ、言い換えると、稚《ち》拙《せつ》ってことですから。こういう女って、年齢を尋ねると、「いくつに見えますう？」とか聞き返すんだよなあ。ただの社交辞令であって、本当に知りたい訳じゃないのにさ。

日の高い内からカフェでグラスを傾けている女なんて、自由業の意地悪ばあさん（私）に決まってるんだから私語に注意しましょうね。

34 時には売り物笑顔

この間、建物の耐震工事で長らく閉まっていたチェーンのタコ焼き店が再オープンしたので立ち寄った。関西出身の夫は、例に洩れず、やはり粉モノが大好き。時々思い付くと私も仕事の帰りにお土産を買う。

で、そのタコ焼き屋のたぶんバイトくんだと思われるが、会計が終わり品物を入れた袋を、差し出した私の手に落としたんだよね。そして、ほんっと、どうでも良い感じで「ありやーございやー！」と言った。ありがとうございますの省略語か。

うわーっ、感じ悪ーい！　と一瞬、非常に腹立たしく文句を付けたくなったのだが、即座に治めた。どうせこういう輩《やから》には喜ばしくない未来が待っているのだ……ここまで思い至って、突然、我が身を振り返る。そして、深ーく、反省する。私、他人のこと、ぜーんぜん言えないわ。

小説家としてデビューする以前の私のバイト人生は多岐に及んでいる。生活に何の不安もなく実家から通っている大学のクラスメートを横目でながめながら、何度、ああ羨ましいと思ったかしれない。スタートから格差ありだなあ……なんて。でも自業自得なのだ。親の言いなりにならない代わりに、自己責任で好きに生きる選択をした以上、弱音は吐けない。自身にそう言い聞かせて、学費生活費のためのバイトに励んだ。

……なーんて言うと、苦学生の感動秘話に持って行けそうだが、まったくそうではない。私は、どの仕事の現場でも、あまり出来が良くなかった。特に、店先で物を売るサーヴィス業。私は、当時、愛想笑いというものがまったく出来なかったのである。と、いうより馬鹿にしていた。何で、おかしくもないのに笑わなきゃいけないの？　なーんて、大馬鹿な若者の持論を貫いていたのだ。こらーっ、反省しろ！　大昔の私！

すいません。あのタコ焼き屋のお兄ちゃんのことを、決して糾弾出来ない過去を持つ私なのでした。今？　笑顔もバイト料の内だろ！　とあの当時を反省することしきりです。大学を中退して水商売の世界で働いていた時に「腹に一物《イチモツ》」を笑顔によって洗練に変える……美しいお姐《ねえ》さん方を沢山見たしね。あの高価な笑顔にお金の出し惜しみをする客はいなかった。そんな古き良き時代。

笑顔がスキルの一端をになう仕事に従事する方々、どうか、ふんだんに笑顔を！　こういう場合のスマイルは０円ではありません。

去年、暮れの慌ただしい時にピザのデリバリーを頼んだ。配達をしてくれたのは、とても可愛らしいお嬢さん。忙しくて大変そうだなあ、と思った私は、ひと言、「良いお年を！」と声をかけた。すると、彼女は、少しの間下を向いて、顔を上げた瞬間に「お客様も良いお年をお迎え下さい！」と言ったのだった。泣き笑い。涙が引き立てる、それこそプライスレスの美しい笑顔を年の最後にもらった。心づかいは三文の徳。ほほほ。

35 美容効果、人それぞれ

基礎化粧品というものをほとんど使わなくなった。元々、根がずぼらで日常的には洗顔後にヘチマコロンを申し訳程度にパタパタとつけるくらいだったのだが、今は、それもやらない。では、どうしているのかというと、実は、はちみつを塗っているのである。

と、人に言うと、え？　ベタベタしないの？　と聞かれるのだが、そりゃあ、少しはする。だから、出掛ける前のメイクアップ時にはなるべく避けるようにしている。でも、基本、私の肌は、いつもはちみつでコーティングされているので、ぺろんと舐めるときっと無駄に甘い筈だよ。

私の肌への使い方はこんな感じ。お風呂上がりに綿棒でマヌカハニーをほんの少しすくって、皮膚にポンポンポンポンとのせて行く。そして、その後、たっぷりの水でのばす。それだけ。

近頃は、そこに、吉本ばななちゃんから教えてもらったヘンプオイルを足すこともある。ほんの数滴を手の平に取って、乾き始めたはちみつ肌の上にすーいすーいと重ねるのである。これで、明日の肌はぴっかぴか（当社比）。はちみつもすごいが、ヘンプオイルもすごい。ちなみに、ものの本によるとインカインチオイルも効くとあったので試してみたが、これは香りが青臭過ぎて、牧草を食《は》んでいる牛か羊みたいな気持になるので、サラダドレッシングで止めておいた方が良さそう。

昔からはちみつをさまざまな料理の隠し味に使って来た私だが、いっきに世界が広がったのは、前田京子さんのベストセラー『ひとさじのはちみつ』を読んでからだ。ここには、それまで知らなかったはちみつの効用が書かれていて、わくわくする（題名もいいね！）。自然界の作り出すものって、すごいなあ。あの、馬鹿みたいに高い化粧品って何だったのか……。

元々、面倒臭がりやで、無精者の私は、おざなりのスキンケアしかして来なかったのだけれど、ほら、バブル期真っただ中に作家デビューしたものだから、やはり情報に惑わされてお高い化粧品を買い続けた時代もあった訳よ。海外旅行をするたびに、免税店でいち早く新製品を手に入れていた。今思うと、あれって、わくわく感を買ってたのね。まあ、それはそれで、楽しい経験だったけど。某ブランドのクリーム（世界的ブームになったボディケアアイテム）なんて何本使ったか解んないよ。でもでも、私のウエストは一センチもサイズダウンしなかった……というバブル期ダイエットあるある話……ちぇーっ。

今、思うのは、健康とか美容とかの効果って、ほんっと、人それぞれだってこと。高級化粧品が合う人もいれば、そうでない人もいる。はちみつだって、私には良かったけど合わない人もいるでしょう。

そういや、丸一カ月間、糖質制限にトライしたのに一グラムもやせなかった私……人それぞれ、ぐすん。

※はちみつの効能には個人差があるので、使用時は注意する必要があります。

36 ペアルック検定希望！

ペアルックがブームらしいです。某女性週刊誌でも、「あなたはペアルックを受け入れられますか」という特集が組まれていた。そこには、結婚披露パーティを終えたばかりの村田充、神田沙也加夫妻を始めとする、さまざまなペアルック写真が掲載されていて、読者に判定をせまっていたのである。

それをながめていると、ペアルックにもさまざまなタイプがあって、素敵なものもあれば、これはどうなんでしょう、と疑問を呈したくなるものも。なかには、これだけは止《や》めれーっ、と叫び出したくなるものも。

素敵ペアルックは、わりと年配のカップルに多く、色やテイストのコーディネートが絶妙。これは、ペアルックという範疇からは外されるべきでしょう。お似合いのお二人。それで良いんじゃないでしょうか。

　お年を召して、おじいさん、おばあさんの域に到達しようとしている方々が、まったく同じ格好を選択しているのも、これは、「おそろい」という分野なので文句を付ける気は起きません。ほのぼのとした気持にさせて下さってありがとう！　と御礼を言いたい。

　若い子も、別にいいんです。彼ら彼女らの内輪のお楽しみは、その中だけで成立する仲間内共通言語のようなもの。その内、センス アンド センシビリティの発達した子だけがそこから抜け出て「ユニーク」の称号を勝ち得ることになるでしょうから。

　問題は、妙齢と呼ばれる女たちです。本来は、「うら若いお年頃」を指す言葉ですが、ここでは、「とうが立った」寸前まで含めます。

で、はっきり言わせてもらいます。前出の「お似合い」を超えたペアルックは、その人たちのルックスが人並み以上でない限り、止めていただきたい。沙也加ちゃんと充くん（親し気に呼んでいるけど二人とも面識なし）が許されても、ワタシとシンちゃん（仮名）には許されないのだ、ということを認識して欲しい訳よ。百歩譲って、自分とこの町内で着るのは目をつぶろう。しかし、絶対に海外には行って欲しくない。ペアルック検定希望！

この間、道を歩いていたら、遠くの方からでも悪目立ちする男女がやって来た。近付くにつれて、嘘だろーっ、と叫びたくなったのだが、二人は全身同じアイテムの派手なペアルックだったのである。

Ｔシャツは、カラフルな「おそ松さん」プリント。ダメージデニムの腰に巻いたのはチェックのネルシャツ。そして、そして、二人そろって、ずんぐりむっくりの超不細工……え？　これ差別用語？　ま、いいや、とにかく、みっともなかった訳よ。検定不可！

いや、そのスタイルよりもこちらを居心地悪くさせたのは、二人から漂う、見て見て！　私たち愛し合ってるの！　というオーラ。トランプの「神経衰弱」一組あたり！　みたいなのって……あたっても嬉しくない……。

37 自分をねぎらう

基本、物書きは、こつこつと続けるだけが命のじみーな仕事。せめて自分で自分をねぎらってやろうと思います。ぐっすん、ちょっぴり孤独です。

……なんて自己憐憫《れんびん》に浸っているふりをしてみたが、実は、私、自分で自分自身をねぎらうという行為が全然嫌いじゃない。家族でも、恋人でも、友達でもない。他でもない自分が自分に「お疲れさん」と言って優しくしてやるのは、大人の女（とうが立ったとも言いますけどねっ）にとって必要なことだと思う。ほら、大人になってものが解って来ると、他者からのねぎらいにかえって気をつかってしまったりするじゃない。

田辺聖子さんの大好きな小説に『お気に入りの孤独』というのがあるが、自分自身をねぎらうということは、それを手に入れることに等しい。おひとりさま上等って訳。

若ければ、それを自分への御褒美なんて呼んだりするが、ある程度年を食っちゃった後は、「ねぎらい」。私などは、もう老体の域に入って来ちゃってるので、そこに「いたわり」も混ぜてやる。がんばらなくたって、みんないい、byみつを（と、言ったかどうかは不明だが）、みたいな心境になっても許されるのは、まさに、年齢を重ねてからだと思う。

これまで、私が自分自身に与えてやった一番大きな「ねぎらい」は何だっただろう。

大きな買い物、ゴージャスな旅行、行き当たりばったりの楽しいだけのラブアフェア……などなど、色々あるが、考えてみれば、どれも男と二人の共同作業が多い類のものばかり。でも、その中でも、あ、あれは、まさに、自分をねぎらうためにしたことだなあ、と思い出すのは、ホテル暮らしだ。

もう二十数年も前だが、アフリカ系アメリカ人との結婚生活が駄目になりかけた時、私は、ひどく傷付いてどん底に突き落とされた。ものすごく仲の良いカップルとして周囲に認識されていた二人だったので、なかなか友人たちにも打ち明けられなかったのだが、ある日、耐えられずに男友達のひとりに洩らしてしまった。

すると、一時間後に、その男友達は都心から遠い私の家に車を飛ばしてやって来た。そして、何もかもが投げやりなひどい状態の私と散らかった部屋を見て言ったのだ。

「おまえ、すぐ一番高いホテルの部屋取ってそこに移れ。印税がっぽり稼いでんだろ？　それを使い果たすまで、いろ」

それだけ言って、明日な、絶対！　と去って行った。翌日、私は、トランクに荷物を詰めて、都心の最高級ホテルに行った。エントランスではその男友達が待ちかまえていて、私は、チェックインさせられたのだった。自分をねぎらう日々が始まった。

月の半分以上をそのホテルで過ごすという生活が一年ほど続いた。終わらせたのはやはり件の男友達。霊感の強い彼が、ここ、霊の溜まり場だなー、なんて言うんだもの。ぞーっ。

38 一線は越えましょう

一線は越えていません！

この懐かしいフレーズを久々に聞いた。それも、メディアで何度もくり返し取り上げられ、一線とはどこまでを指すのか、とあちらこちらで討議（大袈裟《おおげさ》か）されているではないか。

死語だと思っていたのになあ……一線。この言葉を甦らせたのは、言うまでもなく、元アイドルの国会議員と妻子持ちの市会議員の熱愛スクープ。新幹線のグリーン席に並んで座って手をつないだまま眠りこけていたり、ホテルの同じ部屋に宿泊して、あろうことか、彼女の方がパジャマ姿で出て来たところを撮られちゃった。

なんで、ホテルの廊下にパジャマで出て来られるの？　という当然の疑問はさておいて、離婚調停中（御本人談）という男に、きちんとするまでは待って下さいと伝えた（御本人談）元アイドル。そして、懐かしのフレーズが復活！　一線は越えていません！（御両人談）

手を握っても、パジャマ姿で一夜を過ごしても、越えられなかった高いハードル、それが一線……って、これ、セックスのことだよね。もっと言えば、フォアプレイ（前戯のことね）の先にある行為のことですよね。いわゆる「結ばれた」ってことでしょ？（しつこいね、私も）

私は、世の中の良識派の人々とは全然違う考えを持つものなので、一線を越えなければ大丈夫、モラル違反してない、などということを言う気はさらさらない。男女関係は何でもありだと思っているので、妻子持ちとどうにかなるのがけしからん、とも感じない。国会議員のくせに税金泥棒め！　とは少しは頭をよぎるけれども、私も人を非難出来るようなりっぱな人間ではないので、まあ、その点に関しても黙っておこう。

私はね、むしろ、こう思う訳よ。もしも本当にお二人が一線を越えてないのだとすれば、色恋の達人ですなって。だって、性愛における一番の恍惚《こうこつ》って、快楽のピークの手前で我慢することじゃない？　その状態をずっと続けているのだとしたら、ええ、新幹線の中での手つなぎも、さぞかし気持良かったことでしょう。色恋の恍惚と不安は辛抱にあり、by太宰治（嘘）。

八〇年代の忘れられない映画に『恋におちて』というのがある。ロバート・デ・ニーロとメリル・ストリープが演じるそれぞれに家庭のある男女のラブ・ストーリー。いわゆる不倫を純愛として扱ったせつない物語なのだが、どうしてもこの二人は「一線」を越えられないのよ。でも、魅かれ合って、もうどうしようもない。そして、その思いがばれた時、男の妻は彼の頬を叩いてこう言うのね。寝てない方がもっと悪いって。

そーだ、そーだ！　と二十代半ばの小娘だった私にも、それが解りました。で、以来思っている訳よ。純愛とは、一番、みだらな愛の形だなあって。だけどさ、それってデ・ニーロクラスの男でないとねえ……。

39 いとしのコレクターズアイテム

自他共に認める私の妹（男だが）と電話でお喋りしていて初めて知ったのだが、彼は、万年筆のインクのコレクターなんだそう。たぶん、その数、日本一だろうと自慢気に語る。前から万年筆好きなのは知っていたが、インクにも造詣が深かったとは気付かなかった。話の途中で、彼がせつなそうに溜息をつく。

「あーん、『マツコの知らない世界』に出たーい！　マツコさんに、万年筆インク愛を語りたい！」

実は、私、その番組に関してはよく知らないのだが（何しろ、開始時刻の夜九時には既に寝てるしね）、マツコ・デラックスさんの冠番組で、司会のマツコさんが、ある特定分野に情熱を燃やす人々をスタジオに呼んでトークを繰り広げるのだそう。

「よし！　この姉にまかせなさい！」

と胸を叩いたものの、この私、全然ＴＶ局とかにコネはなく、どうにも仕様がない。ここに書いたことで、どなたか関係者の目に触れると良いのだが。まあ、一途《いちず》に自分の好きな世界を追求する彼のこと、この先もひたすら万年筆インク愛を究めて行くに違いない。

それにしてもねえ、「万年筆インク愛」って、すごく稀少で特殊な感じがする。でも、おうおうにして、コレクターズアイテムって、そういうものよね。偏愛のたまものだからこそ価値を持つ。と、同時に、興味のない者にはその素晴らしさが、まったく解らなかったりする。猫に小判。

私は究めるほどのコレクションをしたことはないが、ちまちまと好みの物を集めるのは大好き。でも、途中で興味を失ってストップさせたままになる根性なし。それらの残骸を捨てることも出来ずに持て余していたりする。ミニマリストに憧れたりもするんだけどねえ、私、自分の「好き」の歴史を辿ったりするのも案外好きなのよ。

そんな中、「塩」のコレクションは当たり前のように増え続けている。もう一生塩を買う必要もないくらいだが、新しい物を店頭で見かけると嬉しいし、サイン会などで読者の方々にプレゼントされると天にものぼる気持だ。

御存じのように、塩は、お清めのためにも使う。浄霊や悪運を追い払う役目も果たすようだ。だから、私の家にある塩専用のキャビネットは、強力なお清めパワーを放っているらしい、と霊感の強い人に言われた。サーフィンとかやってて、海につかることの多い人は、それだけで清められているという。

あ、でもさ、私の知人のサーファー男、女性にまつわる災難を幾度もこうむっているなあ……あれは、女の怨念が強過ぎたのか、それとも、彼が邪悪過ぎて海塩の清い力も太刀打ち出来ないのか……どうなんでしょう。

そう言えば、私は筋金入りの時間コレクターにして記憶ラバー。何年何月何日の何時何分に何が起きていたかを思い出すひとときが至福。お酒に邪魔されることも多いけどね。

40 まずは生理的好悪からね

夫婦で山陰地方を旅して来た。鳥取からローカル線に乗り島根エリアに入るのんびり旅。宍道湖《しんじこ》のきらきら輝く水面《みなも》をながめながら行き着いたのは出雲大社。御存じ、数々の良縁を結んで下さる最強のパワースポットである。さすが大人気。平日だというのに大勢の人々でにぎわっている。

私たちも御利益に与《あずか》ろうと、じっくりと時間をかけて参拝する。日頃の不信心を挽回すべく、そこでの参拝作法をしっかり読んで頭に叩き込んで来たのである。配偶者の良縁は、もう間に合っているけど、仕事や友人との素敵な出会いは、もっともっと欲しいじゃない？

と、いう訳で、歩く先々の拝所で、ちゃっかりさまざまな願いを暗誦《あんしょう》して、手を合わせたのであった。もちろん、御守も購入。恋にめぐり合わないまま、とうが立ってしまった友人たちの分も忘れない。そんな優しい私の気持も、良い出会いに有効かと思ってさ……ええ、自分自身のためにね。

生まれて初めて絵馬も奉納しちゃったよ。まとめて祈願し過ぎか。でも、今度、いつ来られるか解らないしね。そんな訳で、夫と二人、それぞれ夫婦末永く幸せにとイラストを交えて書き込んで所定の場所に下げに行った。

で、大量に掛けられている絵馬の中で、ついふき出してしまう願かけのやつを見つけてしまったのね。小さめの字でびっしり書いてあり、異彩を放っていたので不躾とは思いながらも読んじゃった。そして、げーらげら。そこには、こうあった。

「どうか年収五千万円以上で、でもけちではなく、背が高くてイケメンで、海外旅行に連れて行ってくれて、私だけに優しく……（中略。ここに、あと十いくつの願望が入る）……男性と出会わせて下さい」

その中略の部分が妙に具体的なんだよねー。

しっかり、自分の名も記してあったので、私は思わず、その彼女に語りかけてしまいましたよ。○○ちゃん、がんばれーってね。

しかし、よくもまあ、ここまで条件を並べ立てられたものだ。だけど、これだけのリアリティを持って結婚相手を探しているのは、ある意味偉い！　その人に出会う出会わないは別としても、彼女に迷いはないのだろう。

　でもさ、私の長年の経験から言わせてもらうと、これらの膨大な条件がすべて満たされる人と奇跡的にめぐり合えたとしても、それ以外のたったひとつの条件がクリア出来なければ、幸せにはなれないのよ。

　それは「生理」。毎月やって来るあれのことじゃないよ。通常、「生理的」という言葉で使われるもの。生理的嫌悪感とか生理的に合わないなんていうふうに口にされる直感のことね。感覚的、本能的、肉体的な好き嫌いを意味するこれ、実は、人間の生活をものすごく左右するものなの。

　頭で解っていても体が言うことを聞かないって経験は誰にでもあると思う。生理の一致が最初に来ない結婚は不幸になるよ。

41 その美容努力、何のため？

TVの健康バラエティ番組を観ていたら、私より年上の女性タレントさんの日常が映し出されていた。

その人は、超の付く美容おたくらしく、日々、アンチエイジングに励んでいるそうな。とにもかくにも保湿です！　と言う彼女は、寝る前に、二時間ほど顔にスチームを当てるのが毎日の習慣。それを欠かさない、そのお肌は、うーん、確かに同年代の女性たちよりは美しいかも。

ただし、それは、ナチュラルボーンの美しさではなく、お金と手間を掛けた「成果」という感じの美しさ。いや、それが悪いと言う気はまったくないが、いわゆる「美魔女」と呼ばれる人々に共通するその「成果」、全然、私の好みじゃない訳よ。そもそも、アンチエイジングという概念自体、理解が出来ないもので……あ、相反するみたいだけどさ、私、「年相応」ってのも大の苦手。人の数だけ、年の取り方があっていいじゃんと思う方。

驚いたのは、その女性タレントさん、タクシーに乗り込むやいなや、保湿のためのシートマスクを出して、顔全体に貼り付けたのね。うわ、移動の時間も無駄にしない、その美への探求心？　心意気？　すごーい！……などと私が感心する訳はなく、うひょーっ、スケキヨか⁉　とタクシー運転手さんの心の叫びを代弁してしまったのでした（ちなみにスケキヨというのは、映画化もされた横溝正史先生の『犬神家の一族』の登場人物です）。

自分とこの運転手付きの車の中ではなく、タクシー……みっともなーい！　これ、やれちゃう神経って……たぶん、運転手さんのこと、まったく男として、は言うまでもなく、人間として意識してないんでしょうね。

ここで思い出すのは、その昔、私が訪れたリゾート地での出来事。パブリックビーチで白人の女たちが、トップレスになって堂々と闊歩《かっぽ》していた光景。寝転んで日光浴をしたりもする。そして、現地の少年たちにチップをやってオイルマッサージをさせたり、若い男にビールを買いに行かせたりするのである。

近くにある有料のデッキチェアエリアからながめていた私は、不快な気分が湧くのを抑えられなかった。何故なら、そこは、ヌーディストビーチでも何でもなく、それどころか、その白人女性たち以外に、ほとんど裸で平然としている女など皆無だったからである。

現地の肌の色の違う男たちなんか、人間として見ていないんだな、と私は思った。卑屈な様子で使い走りをする男を、地元の女たちが憮然としてながめていた。

もちろん某女性タレントさんに、そんな意図はないだろう。レベルの違う話と言われれば、それまで。でもさ、何のための美容？　この人、振り返ったタクシー運転手がものすごくセクシーな男で自分と恋に落ちる可能性もあるなんて、想像したこともないんだろうなあ。ちなみに私、妄想はしますが、それを実現したことはありません。

42 アウトレイジな様式美

しばらく前の話だが、相撲界で勃発した暴力問題でもちきりだった時期があった。

モンゴル出身の横綱が、同郷の若手力士に酒席で暴力を振るい大怪我をさせ、ついには、角界引退に追い込まれ……と、何しろ朝から晩までＴＶで流れていたので、相撲にはまったく疎い私も見る破目になり、いっぱしに感想を述べたりしていた。

どこかで何かの騒動が起きると、無責任な野次馬と化して、経緯を見守り、あれこれと口を出すのは、他の多くの人々と同じであるが、どうも私の場合、問題の本質よりも、ほんっとどうでも良いことに目を留めてしまうんだよね。そして、いつも親しい人たちに呆れられてる。

この場合、どうしても目が離せないでいたのは、被害者とされる若手力士を擁する貴乃花部屋の親方、元横綱の貴乃花のファッションなのである。ねえ、あれ、なんで？

常日頃、いったい何故にそこに目を付ける！　と失笑を誘っている私だが、今回ばかりは同じように疑問視する人々が続出。やっぱ、思うよね、あのアウトレイジなファッション。やくざなの？　いや、マフィアなの？　それとも、ドン小西さんが評価したようにダンディズムなの？

あのスーツ、あのネクタイ、あのストール、そして、極めつけのレイバン（？）のサングラス。ティアドロップ？　アビエイター？　ある時なんて、車に乗り込む際に身をかがめた瞬間、上着のサイドベンツの片側がめくれ上がって、裏地がピンクサテンだと判明。もうＴＶの前で、私、画面に釘付けでした。誰のチョイスなんだよー、あのカタギから遠く離れてしまったファッション！

そういや、友人の某スポーツ選手が昔地味なスーツに身を包んでいたのだが、ある時、上着を脱いで椅子の背に掛けた瞬間、私は、その裏地のシルクに浮世絵のプリントがほどこされているのを見た！　思わず、それ、止《や》めれーっ、と叫んだ私に彼は言った。「うるせーなー。おまえ、おれの女じゃねえだろ」

……ええ、それは、そうですが……と、しゅーんとなってしまった私。ま、いっか、貴乃花さんもごめんなさい。肉体を使うある種の男の様式美なのね、あのノワールな感じ。間に割って入ろうとモンゴルから乗り込んで来た元旭鷲山《きょくしゅうざん》のたたずまいもすごかったし。池上遼一の漫画か北野武の映画かって。

　この間、スーパーで腰の曲がったおじいさんが精力的に買い物をしていた。紺色の作業着に大きなゴム引きの前掛け。裏で魚でも処理してるのかな？　キャップも同じ紺。そこで目を引いたのは、その両耳に輝く大きなダイヤのピアス！　そして、足許は年季の入ったDr. Martens！　肉体使う男の様式美、私なら断然こっち！　そのピアス、誰の贈り物？　妻？　娘？　孫？　恋人？　女？　男？

43 調子に乗ってルック アット ミー病

調子に乗っている人の顔ってありますよね。それって、「のぼり調子」の人のことではなく、ましてや体の具合が良いという意味では、もちろんない。品のない言い方になってしまうが、「調子こいてる」ってのが近いかもしれない。

実は、私、そういう人を見ると訳もなく居心地が悪くなってしまう性質。その得意満面な表情。おれ（わたし）、今って、ノリノリじゃん？　とでも言いた気な（あー、そういや、私、このノリノリって表現も苦手なんだっけ）。

確かに彼ら彼女らは絶好調。脂が乗ってる。そして、その脂で、顔がてかてかに光ってる。少し賢ければ、自分の内なる脂取り紙でぬらぬらした部分を押さえるものなのだが。仕方ないね、だって、ノリノリで自分を客観視出来ないんだもん。勘違いの得意満面？

……なんて、ぼんやりＴＶを観ながら、そんなこと考えていた私。遠い昔の自分を思い起こして、恥ずかしさのあまり、消え入りたくもなった。私も、確かに、調子に乗った人の顔をしていた時があった筈だ。意味なく不遜で、向かうところ敵なし……みたいな気分でいた頃が。二十代の頃ですが……。

調子に乗ってる時って、本当は崖っぷちにいるんだよね。でも、ほとんどの人はそれに気が付かない。そこから落ちてしまう人も、落ちずにすんだ人も、ずいぶんと後になって、あ、あの時が危機ポイントだったんだなと気付く。

私の場合で言えば、早い小説家デビューだったため、まだ文豪と呼ばれる大先輩たちがお元気だったから助かった。さまざまな苦言やアドヴァイスをその方々から受け取ることが出来て、落ちる前に謙虚になれたのだと思う。小説家は書き続けてナンボ、という当たり前のことを学んだのだった（じゃあ、もっと書け？　それと多作という有りようとは違うんだってば！）。

自分を客観視するって重要だな、とつくづく思う。ついうっかり無防備に「調子に乗った」顔をさらけ出してしまうのは、年を食っても同じなので、なかなか気を抜けない。ほら、再ブレイクを果たしたと言われるあの人もこの人も……以下自粛。年の分だけ顔の脂のノリも激しい訳よ。

調子に乗ってる人って、私を見て見て！　っていう激しい光線を出してるよね。私は、それが過ぎて、他人をうんざりさせる人を「ルック アット ミー シンドローム」と呼んでいるのである。つい見てしまう時、いつも思う。誰もがあなたに関心を持っている訳じゃないんだよ、と。

昔、モデルの女友達が新幹線で隣り合わせた体の大きな男にしつこく話しかけられた。無視していたら、彼が言ったそうな。

「ねえ、まさかおれのこと知らないの？」

野球選手だったらしいが、世の中野球ファンばかりじゃないんだよ！　でも、何故か彼女、後々、まったく無名のプロ野球二軍の選手と付き合い始めたんだよね。なんで!?　呼び水とか？

44 背景が、ほぼほぼ語る

今となっては人々の口の端《は》にも上らなくなったが、前に某女優さんと主治医の不倫ゴシップが連日世間をにぎわせたことがあった。

映画館から出て手をつないで歩く写真が雑誌に掲載され、二人で個人的に会うためにマンションの部屋を借りていた事実が明らかにされて大騒ぎ。彼らは、互いが深い信頼関係で結ばれているのを強調し、そんなことないだろうと追及するマスコミを煙に巻いて、事態を収束させた……筈だった。

ところが、第二弾の暴露写真が掲載され、それが、あまりにもはしたなく、あられもないショットだったものだから、両人共関係を認めて謝罪。あー、やっぱりねー、という結末を迎えたのであった。

なんで世間に謝るの？　そんな必要ないじゃん。頭を下げるのは、仕事関係と身内だけでいいでしょ？　と思いながらＴＶを観ていた私。ええ、暇な物書きです。不倫ねえ……倫理に非《あら》ずって、いったい誰が決める訳？　とイラッともしていました。昔、少し付き合いがあった女優さんだったので。

色恋の種類なんて人の数だけあって良し！　というのが私の持論。でもさ、ＴＶでスキャンダルの報道を観るたびに、変なところが気になって仕様がないのね。たとえば、件の女優さんと医師の場合。このお医者さんの釈明インタヴューを観ていて気付いたんだけど、彼の背後に本棚があって、そこにすごく目立つように、アメリカのハードボイルドを代表する作家、レイモンド・チャンドラーの翻訳本が、いかす小道具みたいにささっていたのよ。それが、昔の清水俊二による名訳『長いお別れ』ではなく、村上春樹の新訳『ロング・グッドバイ』の方だったの。

このニュアンスの違いを本を読まない人に伝えるのは難しいのだが、私は、思わず、ちぇっ、すかしてんなー、と舌打ちしたくなったのだ。いや、村上春樹さんは悪くない！

……悪くないのだが……なんとなーく、ああ、そっちか……みたいな？

春樹さまのステキ翻訳本と、そのお医者さんのコメントは、とてもお似合いだった。ええ、もちろん皮肉です。彼は、言った。

「ほら、自分たちの世代って、ほぼほぼ皆、彼女のファンじゃないですか」

たまたま通り掛かって、そのコメントを耳にした夫（医師と同世代）が「ちがーう!!」と叫んでいて笑えた。私は、と言えば、「出たよ！ ほぼほぼ！」と感心したのだった。

実は私、「ほぼほぼ」と口にする男が大の苦手。自分の発言を最大公約数に持って行くための用語じゃないか。うえーっ、背後の春樹さまも引き立て役にされて可哀相（ほんと、笑）。

顔にボカシを入れるより、背景に入れた方が良い場合は沢山ある。人間、見えちゃうし。

私の男友達に、車に乗せた女にアピールするためだけに、センスの良い洋書や写真集をバックシートに置いとく不届きもんがいるんだけど、そういう男は、ほぼほぼ不誠実だね。

45 意地悪おさんぽフリーク

夫婦で散歩するのが好きである。午後の遅い時間に家を出て、ずんずん歩きながら途中、町の本屋さんや新しくオープンした雑貨屋の店先を覗いたりする。そうして、疲れたら、カフェでシャンパンのグラスを傾ける。すると、それが食前酒の役目を果して空腹を知らせるので、早い夕ごはんを取るべく店を探す。

そういう時は、予約の必要のないふらりと立ち寄れる店がいい。とりわけの美味やハイセンスを目指して予約する夕食ももちろん素敵だけれど、散歩の途中という気分は、とても身軽で自由な自分自身を確認出来る。「おさんぽフリーク」、ばんざい！

色々な店にふらりと足を踏み入れる私たちは、幸運にも良い店に当たることもあれば、失敗して二度と来るまいと決意したりもする。でも、だいたいは、可もなく不可もなく、まあ、普通だね、と感じながら店を出る。しかし、それで良いのだ。通りすがりの薄い印象も、また悪くない。

……なあんて、風来坊（死語）を気取る男の作家みたいなことを言って格好を付けていますが、そして、そうありたいなあ、と憧れてもいるのですが、ほれ、ここでも散々書いているように、私、いつも余計なところに目が行き、まーったく無駄なことに聞き耳を立ててしまうのよ。

ノンシャラン（これも死語か）で優雅な散歩者になれるのは、いつの日なのか。でも、いいの。私、市井の正確な観察者でいることには、成功していると思うの。物書きにとっては、これ大事。

この間、そんな散歩の道すがら、一軒の居酒屋さんに入ってみたのだった。地方の郷土料理を扱うその店は、値段も安く料理もまあまあ。働く若い従業員も皆、感じ良い。なのに、インテリアとしてずらりと並べられている日本酒の一升瓶の肩には埃《ほこり》が溜まっている……少し残念な感じが漂う場所だったのだ。でも、だからこそ、何の気兼ねもなく、通り掛かりのおやじさんや学生がリラックスして飲めそうな……そんな店。

早い時刻、最初、客は私たちだけだったのだが、その内、会社帰りらしい若い男女が入って来て、少し離れたテーブルに着いた。同僚同士が、この先の進んだ関係になるべく探り合っている感じ。私の席から女性は後ろ姿しか見えなかったが、小綺麗でお洒落だ。と、彼女がメニューを見ながら言ったのである。

「私ー、こういうとこ初めてだから頼み方わかんなーい。○○さんにまかせるう」

げ、何だあの甘ったるい声は、と思って観察していたら、その彼女、セミロングの髪をいったん両手でひとつにまとめてから、片方の肩に流したんだよね。こ、これは、懐かしの必殺・首筋アピール‼　私たちの若い頃にも、ある種の女たちがさかんにやってたもんです。変わってねえなー、この手の女たち……と、温故知新（?）を噛み締める散歩のススメでした。単なる暇人か……。

46 コイツもアイツもラブネーム

相撲の貴乃花親方の息子である花田優一さん。靴職人にしてタレントである彼のＴＶ番組での発言が物議を醸したらしい。結婚したばかりの妻とのなれそめを語って、いわく、

「コイツかなって思った……（中略）……その時にコイツ嫁かなって思ったんです」

これが世の女性の怒りを買い、女をコイツ呼ばわりするな、男尊女卑だとバッシング……と記事にはあるのだが……えーっ、ほんまかいな、と私は首を傾げたのであった。ここにある「世の女性」って、いったいどういう人たち？　バリバリのフェミニストとか？

この記事が本当なら、私は言いたい。野暮なこと言うなよ。問題にするなら、

むしろ、「コイツ」より「嫁」だろ？　って。そして、そのみっともない片仮名表記。

まあ嫁（と、いうよりヨメ）に関しては、この連載でも散々問題視しているので、今回ははぶくとして、「コイツ」である。これ、どこが問題なの？

そりゃ、親しくもない赤の他人をいきなりコイツ呼ばわりする人間は、おおいに問題だが、この場合、恋に落ちる瞬間に思った訳でしょ？　将来を共にするであろうケミストリーを感じた途端に心の中で呟いたんでしょ？　それ、第三者が非難出来る種類の事柄とは全然違う。親密な男女の間に、世間の常識なんてお呼びじゃない。世の中基準のフェアネスもコモンセンスもいらないよ。

男と女の間においては、親しみ故にないがしろにする快楽ってあると思う。そこで使われる日本語の語彙は驚くほど豊かだ（あー、英語にも愛情を込めた故の品のない呼び名があることにはあるが……マイ・ビッチとか……まんまなんだよなー）。ネガティヴな言葉が、愛によって最高の甘い響きに変えられる時の至福を知らない人間に限って、御《お》門《かど》違いの男尊女卑とか持ち出すのよね。

しかも、今回は、たかが「コイツ」。こんなどうでも良いことで、男尊女卑を持ち出してると、ヒストリーは男だけの歴史になるから言い方変えろと言ってるアメリカ人みたいになっちゃうよ。マンカインド（＝人類）も駄目らしい。

花田くんのミステイクは、その親密な人専用の言い回しを公の場で使ったことね。世にうるさ型はいっぱいいるの（含む、私だが）。私としては、そんなのに文句付けるより、いい年した大人なのに、公衆の面前で、父母でなく、お父さんお母さん（もっとひどい時はパパママ）と呼んで恥じない連中の日本語を正して欲しいです。頼みますよっ、お姉さん方（誰!?）。

でもさ、これって女の方が男を「コイツ」と呼んだらどうなるの？　やっぱり糾弾されちゃう訳？　私、時々、仲の良い男友達を交えてる席で言っちゃうよ？　コイツ、案外いい奴なんだよなあ、とか何とか。じゃアイツは？

もうほぼ絶版になってしまったが、私の大好きな石坂洋次郎という作家がいた。彼の代表作のひとつが『あいつと私』。二度映画化され、初代「あいつ」役は石原裕次郎。キング・オブ・アイツだね。

47 もの置く女

その日、私は、小体《こてい》だが、とても繊細でおいしい鮨を出す店で食事をしていた。舌鼓を打ちながらコースを終えるあたりで、新しいお客が入って来た。中年男性ひとりとやはり同じ年代の女性二人。三人共、金満家の匂いをぷんぷんさせている。ちなみに金満家というのは、金持を揶揄する際に使う。私の場合は、だが。これ見よがしの野暮って意味ね。

三人は、私の対角線上に座ったのだが、その時、女のひとりが大きいクロコのバッグを、どーんとカウンターの上に置いたのね。ちょうど付け台の前あたりに。

その瞬間、うえーっと思いましたよ。綺麗に磨き上げたカウンターに、いくらハイブランドとは言え、外でどんな所に置かれたかも解らないバッグを載せてしまう暴挙。もう御手塩《おてしょ》皿とか箸とかも並べられているのにさ。
バッグは、しばらくの間、そのままだったが、やがて出番（？）を終えて引っ込んだ。自分の価値をバッグでアピールしたんだね。健気だなあ……と、これは皮肉だが、こういう人って、時代が変わっても絶対に存在しているのね。私には、あの高級バッグが黒い楯《たて》に見えましたよ。戦ってるんだね。がんばれーっ、二十四時間、戦えますか〜と、昭和にはやったＣＭのキャッチコピーを思い出してしまった。でも、その戦い、山手線の内側でやってね、お願い。

　また別な日のこと。散歩をして途中で本屋に立ち寄るのは、私たち夫婦の楽しみであるが、その時もそう。出会い頭で心魅かれた本をピックアップしながら店内を徘徊《はいかい》していたのであった。

　私はライフスタイル本のコーナーが好き。さまざまな分野の達人たちに御教示をたまわるべく、あれこれとチェックしていたのね。そして、平積みされた本に目をやって、えっと思ったのである。何故なら、そこに、隣接するコーヒーショップからテイクアウトしたと思われるコーヒーの紙コップが、むき出しのまま載せられていたから。ねえ、それ倒したらどうするの？
コーヒーの主と思われるのは、立ち読みに夢中になっている若い女。コーヒーショップとブックストアが併設されている店舗って、今当たり前になってるけど、私は好きじゃない。新刊を開く手と、コーヒーとドーナツを持つ手を一緒にして欲しくない訳よ。売り上げ増につながってるとも思えない。私みたいに、新品の本に敬意を抱く者は少なくないと思うのですが……て言うか、売りもんの本の上にコーヒー載っけてた女、あんたライフスタイル本を読んでも無駄だからっ！

　世の中には「置く女」という人種がいるのだなあ、とつくづく思う。男ひとりと女二人で金満家グループに見えちゃう人種もね。でも、女の作家二人と同じ組み合わせになっても男性編集者って何故かそう見えないのね。良いことです……なのか？

48 永久定番パヒューム

宮古島帰りで、まだ、ぼおっとしたままで脳みそは使いものにならない状態なのだが、いい加減、島のせいにするのは止《や》めなさい！　と自らを叱咤《しった》して机に向かっているのである。

思えば、作家生活三十数年、いつも仕事が手につかないのを何かのせいにして来た。暑いからとか、寒いからとか、恋してるとか。その中でも一番多かったのが、南の島帰りだから、というもの。

実は私は年季の入ったアイランドフリーク。年を取って来て、めっきり訪れる回数は減ったが、昔は、暇さえあれば世界じゅうの島をうろうろしていた。

することもなく、ただビーチで時をやり過ごす男共を英語で「ビーチバム＝浜辺の浮浪者」と呼ぶのだが、私は、まさにその女版。前の夫にはフィーメイル・ビーチバムと呼ばれていた。マリンスポーツにも、まったく関心を示すことのない私は、ただだらけた奴と周囲には映っていたみたいだけど、いいの！　私は、海を見ながら、ぼんやりしているだけで幸せなの！

そんな私だが、寄る年波のせいか時差がきつくなって来たので、日本国内のマイアイランドを探してみようと思った訳。で、宮古島。泊まったスモールホテルのヴィラがあまりにも素敵だったので、観光もせずに日がな一日、デッキチェアで海をながめて読書三昧。夕方、食事に出る以外は、何も行動を起こさない、という正しい過ごし方（なのか）をまっとうした素晴らしい数日間だったのだ。

で、その旅行にふと思い付いて持って行ったのが、あの懐かしの「ＰＯＩＳＯＮ」。バブルの頃に大流行したディオールの香水だが、あの濃厚な香りは、明らかに人を選んでいたと思う。

私は発売と同時に熱狂して愛用していたのだが、明らかに付け過ぎていたんでしょうね。編集者の友人に、会社に詠美が来てる！　ってすぐ解るよ、と言われたりして、少し反省。少しだけね。

だって、あの香り、南の島での記憶を甦らせる、とてつもなく官能的で、いとおしいものなんだもの。私にとっては、バブル時代とは無縁の永久定番パヒューム。若きワイルドスタイル時代の功労賞ものなのだ。あの、心象風景の色が見えるような香りで、どれほどの創作意欲をかき立てられたことか。

で、しばらく御無沙汰していたその香りをこのたびの旅行に持参して、シャワーの後にひと吹き。すると、やはり、そのパワーは健在。むしろ年齢を重ねた今がいい。甘い毒の香りに包まれて、味わう夕暮れのジントニックは、私の追憶の中に存在する南の島の数々を呼び戻してくれたのでした（↑遠い目）。

香りと記憶が密接に結び付いているのは言うまでもないが、今、私がもう一度嗅いでみたいのは、高校の頃に思い切って買ったウエラの緑のシャンプーのもの。あのむせかえる草むらのような匂いが大好きだった。私の青い春ならぬ緑の香りでしたわ（再び遠い目）。

49 セネガルの海に眠る……

サッカーのワールド杯ロシア大会の予選リーグで日本はセネガルと対戦。試合前からＴＶ番組では、このあまり馴染みのないアフリカの国をさまざまな角度から紹介して盛り上がっていた……と言いたいところなのだが、案外、どこの局で取り上げるトリヴィアも画一的なのであった。タコの輸出とか、セネガル相撲とか、昔パリダカと呼ばれたダカールラリーの拠点であるとか。

私がセネガルに行ったのは、二〇〇〇年のことで、ＴＢＳのＢＳ開局記念番組「大アフリカ」のロケのためだった。この長期滞在で得たものはあまりにも多かったが、奴隷貿易にまつわる負の遺産や世界的音楽家であるユッスー・ンドゥールに関してなどは他で書いたので、ここでは本書に相応しい思い出話をひとつ。

ファッションである。南アフリカから始まった大陸縦断の旅で、パッションをそのまま衣服で表現したような装いには数え切れないほど出会い、おおいに感動したのだが、セネガルでは、それらのどの国の人々とも違う印象を受けたのである。

ＴＶの紹介映像では来たるべきサッカーゲームへの期待で興奮するアフリカンカラー（赤、黄、緑、プラス黒）に身を包んだ街の人々ばかりだったが、あれは、ある意味、非日常。では、平時は地味かって？　いいえ、全然！　もっと、ずーっとセクシーなんだよっ。

セネガルは、フランスの統治下にあった国。そのせいか、アフリカの野性にフランスの洗練が流れ込んだ独特のスタイリッシュさが完成されたらしい。パリの有名デザイナーたちも、ずい分と影響を受けたとか。

私は、フランスやイタリアのハイブランドの布地を織る工房を見学させてもらい、現地のデザイナーと知り合った。彼の店で購入した凝った織りのリュックは、今でも大事に使っている。また、ひと晩で仕立ててもらったオーダーメイドのスーツ、こちらはプレゼントされたのだが、どうにも似合わなかった。空港職員みたいとセネガル人スタッフに笑われたので、日本では一度も着ないままだ。

ファッションに携わっている人々が素敵なのは言うまでもなかったが、私が釘付けになったのは、市井の人々。特に市場で働く女たちのエキゾティックな色気と来たら！

体に貼り付くような黒のロングワンピースは肩がむき出しで、真紅のレースの下着のストラップをわざと見せている。髪は、金糸のきらめくターバンを巻き、高々と結い上げられている。そして、その耳には、こぶしほどありそうな耳飾りが輝く。そんなアフリカの女王と呼びたいような女たちが、あっちにも、こっちにも……溜息。

こちらも負けじとお洒落していたのだが、現地の男の子と桟橋でふざけていたら、ロイヤルオーダーのブレスレットを海に落としちゃった。あれ、担当編集者たちがお金を出し合ってプレゼントしてくれたものなんですが……ごめん、今、白状するよ……永遠にセネガルの海に眠る、君らの好意よ……アデュー。

50 良い大声、悪い大声

私は、大きな声で話す人が好き。飲み屋さんでも、大声で笑いながら御機嫌に盛り上がっているテーブルを見ると、わー楽しそう！　とこちらも何だか浮かれた気分になって来る不思議。馬鹿話、ばんざーい！

……なーんて、すみません、ちゃっかり自己弁護しているかも。私たちのグループ、今は、大人になったのでかなり抑制する術を学んで来たが、その昔は、お酒が入ると本当にやかましかったと思う。団体の酔っ払いって、とっても迷惑ですよね？　はい、解ってます。もう騒ぎません（滅多に）。

気の合う仲間とはしゃいでしまって、つい大声になってしまった、と反省したことのある人は少なくないだろう。では、こういう大声を気付かずに出していた経験は？　マウンティングを兼ねた独演会のことよ。

その日、私と夫は散歩の途中でタイ料理の店に入った。おいしくてリーズナブルな料理を出す、いかにもタイの街中にありそうな気分の良い食堂だ。喫煙者のためらしいオープンエアのエリアがエキゾティックだったので、私たちはそちらに腰を下ろした。

メインフロアとガラス戸で仕切られたそこには、先客が二人。どちらも、若いとは言えない年頃の女たち。そして、その内のひとりの声が馬鹿でかいのだ。連れの女性に聞かせているのか、新しく入って来た私たちに聞かせたいのか……いえね、声が大きいのは、別に良いんですよ、問題は内容。

離れたテーブルにもかかわらず、聞こえて来るのは、すべて、自分がいかに業界に詳しく、顔が利くかというアピール話。

「うんうん。絶対に、それ行けると思う。『あさイチ』とかだったら、食い付いて来るに違いないよ、話、持ってってやろうか？」

……えーっと、その「あさイチ」ってＮＨＫの朝の情報番組ですよね、と思い、ちらりとそちらを見た。で、思ったの。あー、私の一番嫌いなタイプの女だー。自分が何者かであるがごとくプレゼンしないといられない類の女。動物以外に「食い付く」なんて言葉使うの禁止！

その街の顔役然と話していたけど、いったい、誰に、偉い自分をアピールしているのか。目の前の女友達？ それとも、まったく無関係の私たち？ もし見ず知らずの人間にそれやるなら気を付けるべきね。ふらふらと店に入って来て、だらけた様子で酒を飲んでいる女が、実は意地悪な物書きで、こうして、あなたの鼻持ちならなさをネタに雑文を書いている……場合もあるわけよ。

どういう訳か、私、この種の女に遭遇する確率が高いのである。神戸の南京町のレストランの隣のテーブルで、通り掛かった某高級デリの食品ケースの前でおなかを鳴らした瞬間に、あるいはお洒落カフェの片隅で……彼女たち、自分の高値について語る語る。その年の頃、四十代から五十代。もう若くはないという焦り？ 本当に良い仕事してる女は、ことさら自分のすごさを語ったりしないよ……大声は我が身の駄目さ加減を語る時のみ有効である。

51 接客のプロよ、何処《いずこ》?

サーヴィス業の分野においてのプロが減ってやしませんか。小説家としてデビューする前は、ホステスを始めとするさまざまな接客業に携わって来た私。自分自身が優秀とは言いがたい仕事ぶりだったので、プロに対する尊敬の念は、かなり強い。同時に、こいつ仕事なめてんなー、と思わせる輩には厳しい。

先日、私は、某デパートメントストアの生活用品売り場をうろうろしていた。長年、仕事で御世話になっていた編集者が担当を離れるというので、何か感謝を伝えるための贈り物を、と思ったのだ。

装飾品よりは、日常に華やぎを添える生活用品が良いだろうと、食卓を彩る物を探してみて、結局、アーティスト物のスタイリッシュな箸と箸置きのセットにした。使う時に、たまに私の顔を思い出してもらえれば嬉しいな、と想像すると楽しい気分になり、これぞ贈り物をする幸福だよなーなんて感じていた。

　そして、側にいた店員さんに伝えて、プレゼント用に包装してもらっていた……のだが、カウンターの前に立つ私の向かい側で、別の若い女の店員が二人、ずっと笑いながらお喋りしているのである。カウンターをはさんだ私との距離は、およそ一メートル弱。どうなってんの？　私、透明人間？　一応、客なんですけど。

　その後ろで何やら作業をしている若い男も、女二人の話を聞きながら、にやにや笑っている。そして、私が包装を頼んだ人は、なかなか戻って来ない。目をやると、ラッピングに四苦八苦している様子。ねえ、ほんとにほんとに、どうなってんの？

　私は、デパートが好きである。そこには、ファッションビルやモールにはない独特の矜持《きょうじ》があると信じているから。「おつかいもの」なんて言葉は死語かもしれないが、それは、相手の喜ぶ顔を想像しながら選ぶ思いやりが形になったもの。

きちんと伝えて行きたいトラッドのひとつだと思う。そして、本来、それを最上の形で後押ししてくれるのが、お店の人によるプロの接客なのに。

私の街のデパートは、次々に閉店して、今、残っているのは、ひとつだけ。でも、いずれはどうなることやら。前は、年季の入った頼れる店員さんがそろっていたものだけど。大事にして来たのになあ、東急さん。残念！

こういう時、私は、神戸の大丸デパートを思い出すのね。あそこは、百貨店での買い物の醍醐味を存分に教えてくれる。

話は変わるけど、キャッシュレスがＯＫになる前、タクシーの基本料金が下がったことで、不機嫌な運転手さんが増えてませんでしたか？　中途はんぱな料金のせいで、お釣り取っといてと言う客が減ったためだと思うんだけど。前に、千円札出してお釣りは結構と言ったら、遠慮なくビール一杯御馳走になりますわ、と言った粋な運転手さんがいたっけ。あ、あれも神戸。

52 笑える御丁寧

この間、夫婦で短い国内旅行をしたのだが、宿泊していたホテルのエレベーターに二人きりで乗っていたら、途中の階で停まり従業員の女性が入って来た。老舗のホテルらしく、その上品で丁寧な物腰がとっても良い感じ。二人で、しんとした数秒間が過ぎ、ロビーフロアで扉が開く。女性は、後ずさりするような格好で外に出て、地下に下りる私たちを見送りながら、会釈をし、こう言ったのだった。

「御時間をお取りして申し訳ございませんでした」

私たち夫婦は、返礼すべく頭を下げた……のだが、扉が閉まった瞬間に思わず顔を見合わせてしまったのね。

「な、何もあんなに丁寧に謝らなくっても……」

「……御時間って、五秒くらいだったのに」

日頃、そういう扱いに慣れていない私たちは、恐縮することしきりなのであった。さすが伝統あるホテルだねえ、と感心もした。

「だけど、さ。ちょっとやり過ぎなんじゃない？」

　接客の感じの悪さに困惑することは多々あれど、丁寧過ぎて困惑するなんて、滅多にない。「慇懃《いんぎん》」って、あんな感じを言うのかな、と思った。ま、いいか。そこに「無礼」が付かないなら文句を付ける理由も筋合いもない。

　さて、その旅行の帰り。私たちは我が家の最寄り駅よりひとつ手前で降りて夕食を調達し、タクシーで、しゅっと帰ろうということになった（余談だが、この手振り付きの「しゅっと」は関西弁だと思う。「くいっと」と同様、関西出身の夫がよく使う）。

　この駅構内には、しばらく前に某高級スーパーの支店が出来て、小さいながら、とても重宝しているのである。御弁当の種類も豊富だし、買い忘れたアイテムを調達するにも便利。庶民的な場所柄を慮《おもんぱか》ってか、値段も、案外手頃だ。

で、私たちは、御弁当と惣菜をいくつかと、飲み物をかごに入れてレジに。しばらくして私たちの番が来て、精算と袋詰めをしてくれていたのだが、担当の従業員が牛乳パックに触れ、早口で何かを言うのである。

全然、聞き取れないし、理解も出来ないし、何度か聞き返してしまった私。で、ようやく彼女が何を言っていたのか解ったのよ。

「御飲み物をお寝かせしてもかまいませんか？」

ひょえーっ、私の一リットルパックの牛乳のことを言ってんの!?　擬人化!?　敬語!?　牛乳に!?

その女性従業員、レジ袋に、私の買った牛乳を横にしたまま詰めて良いかと尋ねていたのだ。さすが、高級スーパー……って、違うだろ！　その敬意の行き先！　買い物客の私には、にこりともせずに何故、牛乳にそこまでの敬意を……あんた、間違ってるよ!!

スーパーを出た途端、私と夫は顔を見合わせて大爆笑。以来、「お寝かせしても……」が、私たち夫婦の流行語になったのは言うまでもない。

53 プロポーズは素敵！

この間、アメリカ人と結婚してあちらに住む古い友人から写真が送られて来た。それは、彼女の息子がガールフレンドにプロポーズした瞬間のもの。ひざまずいて指輪の箱を開けて差し出すあのトラッドなポーズ。そして、女の子は両手で口許を覆って立ち尽くしている。おお、これぞアメリカ人のプロポーズではないか、と子供だった頃に会ったきりの彼の勇姿に、時の流れを感じてしみじみとしたのであった。月日は百代の過客にして……ま、いっか。

背景には、何やら壮大な崖のようなものが広がっている。遺跡か何か？　と思ったら、なんとマヤ遺跡なんだとか。そして、友達の息子が結婚を申し込んだ彼女の名もマヤさん。しかも、その日は彼女の誕生日！　どんだけサプライズをプレゼントしたんだ！

観光客たちの何人かは、そのプロポーズの瞬間に気付いたらしく、幸せそうにびっくり仰天の表情を浮かべている。そうなんだよねー。何故か、その人たちがアカの他人でも、プロポーズを目撃した瞬間はめでたい気持になってしまうもの。反対に言えば、祝福出来ずに難癖を付けたくなる時は、やばい。そのあなたの精神状態、暗いスポットに落ちかけてるかもね。

ねーっ、マヤ遺跡でマヤさんのお誕生日にプロポーズってすごくない？　とこの連載担当の男子に伝えたら、彼も、ちゃんとマルコムベッツの指輪を買って、ヨーロッパ旅行中にドナウ川のほとりで任務を遂行したそうな。えっへん！　とは言わなかったけど、ちょっと対抗意識が芽生えてた感じ。

私は、と言えば、今の夫からプロポーズされたのは、京都のホテルオークラ別邸、粟田山荘。鬱蒼たる庭園の中にたたずむ数寄屋造りの料亭である。ええっ!?　そんなとこで何様？　と言われちゃいそうだが、これ、実は対談場所だったのね。対談集を出した作家の安部譲二さんと、どうせなら何回分かまとめて京の雅の中でやりましょうという出版社の案に乗った次第。対談後の食事はお二人共、御夫婦でどうぞ、というお誘いに甘えさせてもらったのであった。

その夜は、庭園の小川に蛍が放されるという趣向だったのだが、あいにくの大雨。でも、ほら、中年とはいえ、プロポーズ手前の恋人同士だから、そんなのどうでも良い訳よ。ざーざー降りでもヴァーチャルな蛍が飛びかうという世にも奇妙な心理状態の中、結婚の約束を交わしたのでした。立ち会い人は元やくざのこわもて作家という、男にとっての最大の苦境に立っていた夫には、ダイ・ハードな覚悟が必要だったかもね。それこそ清水の舞台から飛び降りるような……というか、清水寺、すぐそこだった。

私が目撃した一番ロマンティックなプロポーズは、ジャマイカのリゾートホテルにて。レストランの灯りが突然消えて、キャンドルの許で例の儀式が行われた。そして、あらかじめ知らされていたゲストの私たちは、銀のスプーンで一斉にワイングラスを鳴らしたの。アイリー‼

54 男と女の帰る場所

昼のワイドショーを観ていたら、芸能のコーナーで「及川光博と檀れいが電撃離婚！」というニュースを取り上げていた。

例によって芸能リポーターや事情通の人々が、二人の活躍の詳細やその謎めいた結婚生活に関して、おおいに語ったのであったが、その中に、プロポーズの言葉というのがあった。前項で、プロポーズの目撃者になることの楽しさについて綴《つづ》った私。えー？　あの元祖王子さまみたいなミッチーは、なんて言ったの？　と興味津々になったのであったが、彼は、こう言ったそうな。

「ぼくの帰る場所になってくれないか」

……うーむ。一緒に観ていた夫に、私は、思わず言ってしまったよ。

「駄目だ、こういう男」

夫が笑いながら、なんで？　と尋ねる。

「だってさー、これって、おれが帰る時にはうちにいてくれよ、と同義語じゃん？」

で、私は、親しい男友達の名前をあげたのであった。夜、自分の帰宅時に家に灯りが点《つ》いていないと激怒していた彼のことを。普段は、とってもリベラルで男尊女卑の欠片《かけら》もないのに、自分の女に対しては前時代的な超保守派である男。で、色々思い出してみたんだけど、結構多いんだわ、この種の男。時代がどんなに変わっても、絶対になくならない、おれが帰る前に帰ってろよ男。

こういう男って、こんなふうなことも言いませんか？　いわく、
A.「男が船で、女は港」
B.「男が種で、女は畑」
どちらも浮気の言い訳なのだが、男は飛び回るもんだけど、女は、どっしりと構えて待っているべきと言いたいのね。

Ａは、男のロマンとやらを標榜《ひょうぼう》する男が使いがちだが、ある時、私は溜飲が下がるエッセイを読んだのである。書いたのは、数々のヒット曲を作詞し、直木賞作家でもある故・山口洋子さん。

彼女は、放浪者のイメージで売る、某人気男性作家と対談した。すると、彼は、北の港町の片隅で小料理屋を営む訳ありの美人おかみと情を交わして、そのまま居着いてしまいたいなどと言う。それを聞いていた山口さんは、かちんときて言ってやったそうだ。

「ふうん。でも、そういうとこのおかみは、あなたみたいな男、好きになりませんよ」

その通りです！　山口先生‼

Ｂに至っては、本当にうんざりだが、信じがたいことに、まだいるのよ。これ言う男。

いつもこれに関しては、私、こう返してる。男が自分のＤＮＡを広くまき散らす習性があるのなら、女は優れたＤＮＡを選び取るために次々とお試ししなくてはなりませんの。

話は戻るが、女に「ぼくの帰る場所」であるのを求めるなら、男も「あたしの帰る場所」にならなきゃね。あ、ミッチー王子御夫妻が実のところどうだったかは、まったく解りません。憶測。

55 「活」が次々とやって来る！

ここ何年かの間に、「活」の付く言葉が続々と誕生している。活動を表わす「活」のことね。ほら「就活」は元より、「婚活」「妊活」「終活」「パパ活」「ママ活」……などなど。私がティーンエイジャーの頃には、「部活」と「学活」（ホームルームのことね）しかなかったのであるが。

「就活」あたりは、もう一般的な言葉になっているし文字通りの意味であるから、とりわけ不自然にも感じない。

でも、変な「活」もいっぱい生まれては消えて行った。『現代用語の基礎知識』に載っただけでも、「離活」「朝活」「保活」「温活」「寝活」「リー活」「友活」……って、中にはさっぱり意味不明なものも。あのー、皆さん、活動し過ぎじゃないんですか？　どうして、そんなに「ガンバリ」の用語を作るんですか？　と、言うのも、私にとって嫌〜な語感の「活」がいくつも存在するからなのである。見たくなくても目に入る。聞きたくなくても聞こえて来る。無防備な五感が、突然、「活」に襲われて、ひゃー助けてくれい！　とばかりに逃げ出したくなるのね。

たとえば、妊活ってさ、不妊治療のことですよね？　それともセックスに励むってこと？　子を宿すために大変な苦労をしていた夫婦を知っていると、ひとまとめに活動扱いするのは、すごく抵抗がある。

それに、死に支度を、これまたひとまとめに「終活」と呼ぶのも、どうにも侘《わび》しい。パパ活、ママ活に至っては、もう、ほんっと気持悪い。この言葉を何の批評性もなく、ただはやりであるからと使ってしまう物書きのセンスを本気で疑う。

でもさ、ここで断っておきたいのは、私、これらの行為、そして、それを続ける努力に関しては、全然否定する気はないの。人によっては非常に重要だし、必要だし、役に立つし、便利。個人の事情によっては、どんどんチャレンジするべきだと思う。

私が問題視しているのは、そのネーミングを良しとする言語感覚なのだ。若い男がはるかに年上の女に寄り添っていい思いをしようとするのはかまわない。古今東西、優れた書き手によって、その種の関係は描かれ、上質の心理小説に昇華されて来た。若い女が大人の男に金の掛かった別世界を見せてもらう場合もしかり。

しかし、それらが「パパ活」「ママ活」と称された時、もう、うんざりするほど卑しく貧乏臭いものに成り下がるのである。もし、あなたが、そういうアプローチをしていても、自分から「パパ活」してるなんて言わないで欲しい。ただただ身に余る光栄に感謝して、口を拭っていれば良いのである。

作家の故・森瑤子さんは病に倒れた時、最期のために自分の遺影までトリミングして逝った。あの美学を終活だなんて呼ばせたくない。

56 にわかファンは楽しい

大坂なおみさんの活躍で、にわかテニスファンになった人は多いことでしょう。私もそう。第二次にわかブームが来て、ＴＶ中継された全豪オープンの試合は、すべて観てしまったのだった。

第一次のマイテニスブームは、これまた多くの「にわか」な人々と同じ伊達公子さんの最初の現役時。快進撃を続けていた頃である。

特に一九九六年の英ウィンブルドンの準決勝は夢中になりました。この時の対戦相手は絶対女王のシュテフィ・グラフ。なんと、雨や日没を理由に二日がかりの死闘となったのだった。

結局、伊達さんは敗れてしまうのだが、奇跡のような試合内容で、私と若かりし頃の幻冬舎、現・専務取締役は、それぞれの自宅で、電話の子機を耳に当てながら、共に、ＴＶ画面に釘付けになっていた。まだ携帯電話がそれほどポピュラーでなく、スマートフォンなんて影も形もなかった時代。今、思うと、何とも微笑ましい二人であった（当社比）。

応援中、観客の男性がグラフに向かって、「シュテフィ、ぼくと結婚して！」と叫び、それに対して「お金あるの？」と彼女が返すというナイスなひと幕があり、ピンと張りつめていた場内がいっきに沸いた。私もげらげら笑っていたのだが、受話器の向こうの現・取締役は、なかば真面目に言ったのよ。

「おれ、伊達ちゃんと結婚する。うん、そんな気がする！」

……うーむ、そんな気って言われても……しかも、「ちゃん」付け。図々しい……いや、しかし、当時、独身だったものね。夢を見るのは自由さ。私も「だったら私は、マラヴィーヤ・ワシントン（この時の男子シングルス準優勝者の黒人選手。世界で最も美しい顔のひとりに選出されていた）と付き合ってやってもいいなー」と、これまた神をも恐れぬたわ言をほざいていたのだし（←馬鹿）。

大坂なおみ選手のゲームを見詰めながら、日本のあちこちで、きっとあの時の私たちのようなトホホな会話が交わされていたであろうことは想像に難くない。

でも、私、日本の大坂なおみフィーヴァーに、時々すごく違和感を覚えるの。彼女のパーソナリティが魅力的なのには、まったく異論はないけど、なんで、まだつたない彼女の日本語に「なおみ節」なんて名付けるの？　一回戦の直後に、わざわざ「日本語で今の気持を」と聞いて嫌な顔されてたよ？　英語では、すごくマチュアで聡明な語り口なのに。

これがもし、逆だったらどうだろう。日本語が母語で、英語がたどたどしかったら……。アメリカ人が「かーわいい！」なんて言うとは思えないのだ。彼女は英語が話せない。それだけで終わり、通訳付きでプレイ内容を誉めることだろう。日本人って、つたないものが好きだよなー。特に、女。錦織圭が同じようにベイビートークで話しているのを想像してみ？……ケイ節……なんかサバ節とかみたいだなー。

57 ワークマンで追憶三昧

工場、土木現場向け作業着、そして、その関連商品で有名なショップ、「ワークマン」。私の散歩する街道沿いにも、いつのまにかオープンしているのを発見し、夫に付き合ってもらって行って来ました。

実は私、昔から大の作業着、ユニフォーム好き。実用性を極限まで追求したデザインがたまらない。ま、中には、トラック野郎が自分の愛車にほどこすヤンキー風な過剰デコのデザインもあるみたいだけど、それも、また御愛嬌。

中学、高校と自分のお金を自由に使えない少女の時代、それでもお洒落がしたい、と思った私が活路を見出したのは、肉体労働者のおじさん御用達の作業着屋さんだった。甘い夢見る乙女風な格好が大嫌いで、モード系の雑誌を舐めるように立ち読み（↑迷惑）して、自分なりのスタイルを見つけようとしたのだった。結果、男だか女だか何だか解らない格好になっていたのだが、自分的には大満足だったのである。気分は、ジャズの流れるダウンタウン、ニューヨークのストリートキッズ（もちろん行ったこともなかったが、想像力プラス気は心でカバー、笑）。

そういう店で、何しろ、まだ子供みたいな女の子が、あれこれ物色しているのだから、店の人も客も、すごーく不思議そうに見た。そして、好奇心と共にあれこれアドヴァイスしてくれたっけ。彼らの言葉に従い、ヘインズのＴシャツと大工さん用のカーゴパンツは私の定番となった。

それから幾星霜。時は流れて、私は作家としてデビューした。時代はバブルに向かう好景気。世の中には、御存じワンレンボディコンと巨大な肩パッドがあふれていた。女というより、雌としての自分を目一杯アピールした、まさにビッチな格好が珍しくなかった。臆面、まるでなし。

ま、私も似たような感じだったのだが、そこでも、作業着好きのルーツは変えられず、まだ、そういった店をうろうろしていた。で、見つけたのが、肉体労働のおっちゃんたちのする腹巻き。二つ折りで原色。何これ⁉　二枚使いでチューブトップと、もう一枚は開いてスカートにすれば、そのまんまアズディン・アライアじゃん⁉　すげーっ、ナイスアイディア！　と思って自画自賛した私は、真紅のそれを身にまとって、ダンディで知られる先輩作家との対談に出向いたのであった。

　で、あれから三十余年。いまだに北方謙三キャプテンに言われています。こいつさあ、腹巻きだけで、おれに会いに来たんだよーって。ううっ、若いって恥ずかしいことです。でもさ、ニューヨークのクラブではワイルドスタイルだって誉められたのよ（一応、言い訳）。

　なんて若気のいたりを、ワークマンの店内で思い出していたのである。女子にも注目されていると聞いてはいたが、街道沿い店の女性客は、やはり私だけ。体自慢のあんちゃんたちの邪魔をしないように、カフェのギャルソン用エプロンを買って、控え目に徘徊してました。血が騒いだけどね。

58 翔んで中目黒

街は変わって行くんだなあ、とつくづく感じた。ゴールデンウィーク前のわくわく感と、新しい元号に変わる高揚感で、世の中は、これまでになく沸き立っている。

東京の桜は満開を迎え、先ほど新元号の「令和」がアナウンスされた。今晩の花見はさぞかし盛り上がるんだろう。

街が変わった！　と思ったのは、ＴＶで流れる花見の名所ドキュメントを観ていた時。上野公園の例の狂乱の騒ぎが映った後、画面は目黒川のほとりに咲き誇る桜の木々のライトアップの様子に切り替わる。

うーん、美しい。幻想的だ。ただしあんなに混み合っていなければ、の話。中目黒のスターバックスでコーヒーを飲むのに五時間以上並ばなくてはならないという。

……うえーっ、マジですか？　などとは誰も思わないらしく、皆、整列させられて粛々と並んでいる。中目黒……何故、中目黒……と呆気に取られてしまうのは、その昔、私も住んでいた思い出深い街だからなのだ。

二十代の初めの何年間かを過ごした中目黒は、私（と友人たち）にとっては「都会の田舎」として認識されていた。バイト先の銀座に行くにも、夜遊びのために赤坂、六本木方面に行くのにも便利な田舎。それが、いつのまにか人々を引き付ける街に変貌を遂げ、花見にはライトアップ、飲み屋にはＥＸＩＬＥ……（知らんけど）。信じられない変わりよう。

週末、夜通し港区界隈で遊んで、やっと目覚めた昼下がり、どよーんとした気分で女友達と電話をかけ合ったものだ。おなかすいたー、そうだねー、じゃ、駒沢通りの蕎麦《そば》屋の前で十分後ねー、などと声をかけ合うのだが、その時に、どちらかが必ず念を押すのよ。

「絶対に中目黒の格好で来ること！」

えーっと、それはどういう意味かというと、絶対にお洒落とか考えるな！ってことなのね。起き抜けのジャージで来いっていう暗黙の了解。ええ、中目黒って当時の私たちには、そういう扱いだったんです。中目黒の住人には穴の開いたジャージでも着せておけーって……翔んで埼玉ならぬ、中目黒……ひどい。

たまーに、誰かが化粧していようもんなら、もう、なじるなじる。しかし、なじられた奴が返すことには、

「これ、ゆうべの化粧だから……落とす前に力尽きて倒れた……」

解る、解るよ！　とばかりに友情復活。そして蕎麦屋で、蕎麦と丼のごはんもの両方を並べてがっつく。そして、いい男を連れ帰ったために、ここにいない女友達を愛情込めて（ここ大事）ののしるのである。

……そんな懐かしい中目黒……アデュー、わが青春の街。まあ、元々、私たちの中目黒に対する認識が間違ってたのかもしれないけどさ。近くに美空ひばり御殿もあったしね。

59 「女子」と無縁のケーキ屋さん

そのケーキ屋さんは、井の頭線三鷹台駅近くの路地を入ったところにある。看板は出ていない。古い建物は蔦《つた》に覆われていて、ガラス張りのドアを意識的に覗いてみなくては何の店かは解らない。知らずに通り過ぎてしまう人も多いだろう。でも、ひとたび立ち止まり、中の様子をうかがってみたら、入らずにはいられなくなるに違いない。「隠れ家的」とか「知る人ぞ知る」などのもったいぶった雰囲気は欠片もない、自然に時を刻んで来たら、こんなたたずまいになりました、と少々恐縮している感じ。店の名前は、

「ローラン」

店内に入ると、かの武者小路実篤先生の筆による「露卯蘭」の文字が額に入っ

て飾られている。これを「ろうらん」と読むのに、少しの時間を要したよ。最初、「卯」を「印」と読んでしまい（ほれ、先生、達筆だから）、えー？　ロシア、インド、オランダとは、これいかに、と勘違いして悩んだ。どんな洋行？　世界情勢？　とか何とか。

　日頃、甘い物に食指が動くタイプではないのだが、そそられてシュークリームやらチーズケーキやらを買い込んでしまいました。家に帰って、「歯医者帰りにケーキ買うか、フツー」と夫に呆れられた私。実は、この店、私の通う歯医者さんの側なのだ。そして、いつも誘惑に駆られていた。夏の間は閉店してしまうので、歯医者の予約には気を付けようと本末転倒な決意を固めていたのであった。

　味は、昔ながらのとても丁寧に作られた洋菓子という感じ。懐かしいよ！　これ。子供の頃に憧れと共に見詰めたショウウインドウに並んでいたケーキの味だ。今日は駄目よ、パパのお給料日前だから、と母に言われて、後ろ髪引かれる思いで立ち去った、あのケーキ屋さんの味！

「このスイーツ、女子が大好きですよねー」と、甲高い声で食レポされる、あれとは、まったく異なる種類の口数少なさ。でも、きちんと品格と伝統を守り抜いているフレイヴァ（オープンは一九四六年だそう）。パッケージもハイカラ！（愛すべき死語だ！）

　に、しても、巷にはびこる「これ、女子は好きですよねー！」っての、どうにかしてくれないだろうか。この間なんて、「女子は豆乳大好きですから！」と断言していたが、そうなのか？　芋類とかさー（芋嫌い）、甘いカクテルとかさー（ホッピー好き）。

　事実に対して使う女子（女子テニスとか）は、まったく気にならないのだが、特別感とちやほや感が滲み出る「女子」にはうんざり。いつまで女子でいるつもり……と、あれ？　ジェーン・スーさんの本の題名みたいだよ？

　昔、女子飲みしようと予定を立てていたら、ぼくも入れて下さいよーとひとりの男子が参加を希望。名誉女子と認定して呼んでやったけど、これってセクハラ？

60 原宿に〝あこがれ共同隊〟だった頃

書店で、『70’ HARAJUKU』という写真集と、『70s原宿 原風景』というエッセイのアンソロジーを見つけて、即、購入。どちらも「表参道のヤッコさん」として名高いスタイリストの草分け、高橋靖子さんに師事した中村のんさんによるものである。

もう、写真やそれらに添えられた短い一文を目にしただけで、懐かし〜い！ と叫んでしまいました。あ、誤解なきように断っておくと、別に私が、このファッション創成期の原宿にたむろするお洒落ピープルだった訳ではないのね。私は、彼らに憧れた、ただの田舎の中高生。当時の憧れに対して、ものすごく懐かしかった訳。

実は、私が高校に上がった頃、あるドラマが始まり、都会に憧れるおませさん（愛すべき死語）たちは色めき立ったのである。

その題名は、

「あこがれ共同隊」

という。銀座のようなコンサバな雰囲気とは一線を画した、七〇年代ファッションの基地として一世を風靡した原宿。その街を舞台にくり広げられる青春群像……というと、何だか軽いお洒落トレンディドラマのようだが、登場人物が皆、すごいんだよ！

大企業の会長御曹司でありながら、ファッションデザイナーになる夢を父親に反対され、家を出て町工場で修業する主人公に郷ひろみ。その親友で酒屋の息子が西城秀樹で、彼の恋人は桜田淳子、母は黒柳徹子。第一回目には、山口百恵も登場！　その他、吉田拓郎や山田パンダなどのミュージシャンも続々。実在のカフェなども、そのまんま。

最先端で、若者の夢を育む街、原宿、というイメージを、田舎の少年少女たちは、このドラマで植え付けられたと言っても過言ではない。まるで魔法の街のよう。

　マラソンランナーとして将来を嘱望されていた秀樹は、走っている最中に心臓発作を起こして、噴水の中に倒れ込んで死ぬ。何故か、そこには薔薇の花びらが舞い落ち、さながら美しい悲劇を演出するウォーターベッドのようで……と、これは、うろ覚えの私の記憶なのだが、翌朝、クラスでは、この話題で持ち切りだった。あのオープニングの山田パンダの歌と同時にアップになる、原宿を歩く人々の足許を見るだけで、「素敵！　アーバンなシティライフだわ！」と思っていた。郷ひろみのような男が、マンションメーカー（ＤＣブランドをこう言った）としてキャリアのスタートを切る街、それが原宿！　と。

　そんな私が普通に原宿を行き来できるようになるのは、七〇年代の終わりから八〇年代にかけて。もう、中村のんさんがとどめてくれた刺激的なイメージは薄れていたと思う。中央線沿線の吉祥寺あたりの方が性に合っていると移り住んでからは、そちらに夢中に。

あ、でも、そこだけは好きで通ったカフェ　ド　ロペで原田真二さんを見かけたよ。すっごく可愛かった。

61 髪の毛、それぞれの思惑

令和になって初めての台風が来るというので、ＴＶのニュース番組では注意を促していた。どうやら、すごく激しい雨風が予想されるらしい。避難勧告が出るレベルかも……と、リポーターが心配そうな道行く人々にインタヴューしていた。ええ、今日は、なるべく早く家に帰る予定です、とか、季節外れなんで驚きました、などなど、想定内のコメントを出す方々がほとんど。でも、ひとり若い女性が、こう言ったのね。

「困ります！　髪の毛もまとまらないし！」ええー!?　そこですか？　と私。その時は、まだ台風による強い風もなく、彼女の髪は綺麗にまとまっていたのであるが。

きっと、その何てことなさそうに見える、どちらかと言うと地味に見えるヘアスタイルをキープするのに、とてつもない御苦労があるんでしょうね。お疲れさん。

私は、と言えば、いつの頃からか長さの違いはあれ、ストレートのボブ。しかも、美容院が大の苦手なので、自分でチョキチョキ切っているというビューティ失格者。

なので、何が何でも髪が命、という人の気持が解らない。しかし、この年齢になるまでの長い年月、ヘアが決まらなきゃどこにも出られない！　と嘆く女友達を何人も見て来た。彼女たちのひと筋のカール、ウエイヴの角度へのこだわりと来たら並のレベルではなかった。髪が乱れるから、今日はしないでって言ったのに……と、彼氏への恨み言を本気で口にする強者も。セックスよりマイヘアスタイルが重要なこともあるの！　と笑い転げる私に向かって言い放ったっけ。

髪の毛なんて、男に乱されてなんぼじゃん、という私とは価値観の違いが歴然としていたが、内心、少しは見習わなくてはなー、なんて思ってた。そういう女の子たちは、たいていの場合、肌の手入れなどもきめ細かだったから。側にいると、ずぼらな私が女失格のように思えて肩身がせまい気分になった。

でもね、いつも手の掛からないヘアスタイルと思われている私でも、ここに来るまで、実は遍歴もあったのである。雑誌の企画で、まだ誰もやっていないドレッドヘアにチャレンジしたり（たぶん日本初）、ジャマイカの美容院で腰まである髪を全部ビーズつきのコーンロウに編み上げてもらったり、ええ、その昔は、自然の摂理に逆らって、グレイス・ジョーンズ風のボックス刈上げカットにもトライした。後に陸上金メダル保持者のカール・ルイスが世に広めたけど、その前だよ、えっへん（↑全然もてなかった）。私は、いったいどこを目指していたのか……。

今、気になっているのは、サッカー元日本代表の中村俊輔くんの前髪。ちょうど目に入る位置でそろえてるんですが、あのー、邪魔じゃないんですか？　何のため？　切ってやりたくてうずうずする。あ、母性本能をかき立ててるためか……。

62 仕事は（最初の）見た目が100パーセント

『人は見た目が１００パーセント』という漫画も『人は見た目が９割』という新書も、目にした時には、あー、あるある！　と膝を打ちながらも、でもさ、人と場合によるよねー、なんて思っていた私。「見た目」の価値観は、肉体の美醜であったり、ファッションセンスであったり、振る舞い方であったり、とさまざま。多種多様な上に、多岐にわたるものじゃない？

　そして、確かに見た目は大切かもしれないけど、やはり第一は中身でしょ？　などという良い子の正しい考え方からは逃れられずにいた。やっぱ、この信条をないがしろにしたら駄目でしょ、だって人間だもの、みたいな。しかーし！　今、私は、心の底から、人間見た目重要‼　と感じている。年に数回この波が来て、

「人間中身」の優等生的見解がふっ飛ぶのだが、今回は、私の新刊『つみびと』のためのインタヴュー時。やって来た某男性向け週刊誌の編集者、ライターがひどかった。見た瞬間、そして、挨拶からして感じ悪く、いやーな予感が走ったの。

　ここで、新刊パブリシティのインタヴューについて断っておくが、これは、私にとって、宣伝であって宣伝の域を越えたものなのである。優れたインタヴュアーとのセッションのようなやり取りは、作品を書いている際には気付かなかった深層心理を引き出してくれる。それに気付く時、やっぱプロはすごいなーと感嘆し、そして、質問者に心から感謝するのである。

　しかし、そうはいかない場合もある。今回問題にしている男女二人組は格好からしてどうなってんの？　という気のつかわなさ。思わず、髪、梳《と》かせよ！　とか、靴磨けよ！　とか、その汚ないジーパンはき替えろよ！　とか……いや、全取っ替えして来ーいと言いたくなるレベル。

　そして、何しろ態度が悪い。私に差し出した名刺に別の会社名と雑誌名が書かれているので、間違えているのかと尋ねたら、あー、そこでも仕事してんですよー、なんて言う。身分詐称では？　おまけに私のことも何も下調べしてなくて、幼児虐待をテーマにしたのはセンセ自身もお母さんだからですよねーと、何故かニヤニヤしてさ、仕舞いには、今度いつ事件物書くんですかー、だって!?　隣の女は、フォローするどころか、とんちんかんな質問をくり返した揚句、そのサンダル、夏らしいですねー、と私の足許を見たりして……ねえ、何のために来たの!?　この下品な二人連れを見て思ったの。仕事において、人は最初の見た目が１００パーセント！　そして、その見た目には、言葉という身だしなみも含まれている。作り笑いでどうにかやり過ごした大人の自分を誉めてやりたい！

　あ、別のインタヴューでは、絵に描いたような戦場カメラマンみたいな人が来て、私の写真を撮ってたっけ。ポケットのいっぱい付いたカーキのヴェストに大仰なレンズ、アウトドア用品まで並べて動き回り……何故!?　私相手の撮影って、戦場!?

63 好きこそものの夫婦生活

ある俳優が、ＴＶのトーク番組にゲスト出演した時に言っていた。

「好きと必要ってのは違うんだよね。好きは飽きるけど、必要なものは絶対に飽きない。結婚は、絶対に必要な方の人としなきゃ」

彼の妻も芸能人。いわゆる「オシドリ夫婦」と呼ばれて久しい。山あり谷ありの結婚生活を経て、なお睦まじい。彼らに悪い印象を持つ人はほとんどいないだろう。

出演していた他の芸能人（たぶん、皆、後輩に当たる）たちは、一斉に感心したように声を上げた。深いなあ、とか、勉強になります、とか何とか。

でもさ、ＴＶ画面のこちら側にいる私は、強烈な違和感を覚えたのよ。え？

何か、この男、奥さんのこと便利づかいしていない？　って。

「大病したりすると解るんだよね。あー、おれにはこいつが必要だって」

こうも続けられて、ますます私は思う訳よ。大病しないと解んないの？　って言うか、そもそも病気に必要なのって、病院関係者じゃないの？　奥さんってそれとは全然違う次元で必要とされるべきじゃないの？　そして、その「必要」の前に、「好き」という気持がある筈じゃないの？　なあんて、あれこれ難癖を付けたくなってしまったのである。

好き。これ、重要ですよ。好きじゃないけど、優れた看護人に看てもらうのは、それはそれで、ビジネスライクな良さがあるだろう。必要なことだけを粛々とこなしてくれれば、非常に助かる。でも、それは、「飽きない」というのとは全然違う。

この俳優さんは、好き嫌いという子供じみた、ほんの一時《いっとき》の感情で結婚するもんじゃない。夫婦の絆というのは、もっと確固たるもので結ばれるべきと言いたいのだろう。

でもさ。おまえ（たぶん、この人は、妻をこう呼ぶね）を選んだのは好き嫌いからではなく必要だったからなんだ、と言われる奥さんって、嬉しいのかな。私だったら、やだな。好き、愛してる、だから、必要。その三段階を経てないとね。幸せになれないよ。

　結婚生活を好き嫌いや惚れた腫れたの問題じゃない、と平気で言ってのける人がいるのはおかしなことだ。ふん、男と女の機微を知らん素人さんの言い草ですな、と私は思う。

　もちろん、結婚相手に付いて来るある種の付加価値（金、地位、容姿など）は、生活に便利づかい出来る。でも、それだって、最初に「好き」ありきなのだ。その気持がなければ、どんな恩恵に与っても楽しくないよ。

　ほら、好きこそものの上手なれって言葉があるじゃない？　好きだからこそ、愛し方が上手くなる。相手が必要とするものをキャッチ出来るようになる。その前提なしに妻をいいように使ってはいけません。アイ ニード ユーは常にアイラブ ユーとセットでね。必要なものだってさ、必要でなくなった段階ですぐ飽きるのよ。

64 挨拶は最大の防御なり

挨拶？　ふん！　おれ（私）は、そんなもんとは一生無縁で行くもんね！　という人は、この先読まないで結構です。たぶん、社会生活とも無縁でしょうからね。でも、普通の人は、なかなかそう言い切れないだろう。

日々を心地好くスムーズに行かせるのに重要だよなあ、挨拶、と近頃つくづく感じているのである。

私は、歩いて行ける隣町に仕事場を借りているのだが、そのマンションの住人たちが、全然挨拶をしない。会う人会う人、老若男女、ほとんどの人がばったり出くわした私を一瞥《いちべつ》するだけで通り過ぎて行くのである。

いや、しばらく前までいた管理人のおじさんは、とても感じが良かったのだが、いつのまにかお辞めになってしまったようだ。親しみ深くて、住人としてのお願いなども快く聞いてくれる人だったのにさ。

　この間、久し振りに行ったら、いや、仕事場に行くのに「久し振り」なんて言葉を使っちゃいかんのだが、ま、それはともかく、新しい人に代わっていて、私が溜まった郵便物を出していたら、まるで不審人物を見張るかのように少し離れた場所から、ずっと見ていた。感じ悪いったら！　そりゃ、作家という人種は、はなから不審者かもしれないけどさ。

　一階に停まったエレベーターから降りて来た女なんて、ぶつかりそうになった私をにらみ付けて去って行ったものね。あ、すみません、こんにちは、と頭を下げてた私が馬鹿みたい。まるで私だけいつも謝罪するみたいにぺこぺこしてる気分。

　その時は、いくら日頃温厚な（ほんと）私でも、軽く殺意が芽生えたもんね。笑顔で挨拶、そんなに難しいことか。あー、あんな女、○○が××して、△△してしまえば良いのに！　気分の良い一日の始まりを返してくれーっ！

　どうか私を嫌な人間にしないでくれ！

と、そんな呪詛《じゆそ》めいた悲鳴が口をついて出そうになる時に思い出すのは、前の結婚の時の夫の実家訪問のことである。

アフリカ系の前夫は、ニューヨークはブロンクス地区の出身。リタイアして南部に家を買うまで、両親は、ずっと同じ集合住宅に住んでいた。里帰りで、そこを訪ねる時、夫は、しつこいくらいに私に言い聞かせたものだ。

「敷地内で住人に会ったら、相手にはっきりと解るように笑顔を作り、愛想良く大声で挨拶をするように」

何故か。自分はあなたに敵意を持っていません、と知らしめるためである。つまり、こちらの身の安全のためね。挨拶と笑顔があらかじめホールドアップとプロテクションの役目をするのである。そして、こうも言われた。

「だからといって、決して必要以上に距離を縮めてはいけない」

マンションによっては、子供に、住人の挨拶は無視するようにと教えるところもあるみたいだけど、とんでもないことだ。小さな不快感が積み重なって大きな事件を引き起こすこともある。スマートな自己防衛を教えなくっちゃ。

65 恐怖症バラエティ

えー、何だって、それが苦手なの？　嫌いなの？　怖いの？　と他人に対して不思議に感じることってありませんか？　たとえば、高いとこって気持良いよねー、と言うあなたには、ビルの高層階でぶるぶると震えて足をすくませる高所恐怖症の人の気持がさっぱり理解出来ずに首を傾げてしまう……てなこと。

実は、私にも他人には理解出来ない恐怖症に近いものがありまして、しょっちゅう、え？　なんで？　と言われているのです。

あちこちで言ったり書いたりしているので、近頃ではわりと知られたものに「蝶」というのがある。ええ、あの美しくひらひらと舞う「ちょうちょ」のことである。蛾が嫌いな人は多いが（私も大嫌いだ）、蝶を嫌いだと言うと、皆、いちょうに、あんなに綺麗なのに！　と言うの。ほんと？　あの羽の模様と鱗粉、気持悪くないか？　私、側に飛んで来るだけで、ぞわっと鳥肌が立ち、我知らず叫んでしまうのよ。

　しかし、「蝶々の纏《てん》足《そく》」とか、「唇から蝶」なんて題名の小説を書いたせいか、苦手をカムアウトするまで蝶を偏愛していると勘違いされていた。心優しい読者の皆さんに、ずい分、蝶関係のプレゼントもいただいた（蝶々大好きを公言する妹にもらわれて行った）。本当にすいません、お心づかいを無駄にして。

　それ関連で、皆に不思議がられる苦手アイテムにエディブルフラワーというのがある。ほら、フランス料理なんかに散らしてあるパンジーみたいな食用の花ですよ。

　不思議なことに、お皿に載っていなければそれらの花は大丈夫……というか、元来、花好きで花束なんかをいただくと大喜び。うちの妹、花屋だし。

　それなのに、料理に載っているのは駄目なのである。今にも蝶が飛んで来そうな気持になり、恐怖なのである。逃げ出せないからかもしれない。お店の人に、オーダー時、お嫌いなものはと尋ねられ、「花‼」とすかさず答えて変な顔をされる私。私が許せる食用花は、おひたしの菊と、リコッタチーズを詰めたズッキーニの花だけなんだよっ！

恐怖症のことを英語で「フォビア」と言う。世の中には、ものすごい数のフォビアがあって、びっくりすることがある。蜘蛛を嫌悪するアラクノフォビア、高所恐怖のアクロフォビア、先端恐怖のベロネフォビア……仕舞いには、特定の人種にフォビアを付けて、人種差別の言い訳にしたりもする。

前に、精神科医の春日武彦さんと話していたら、彼は、海老や蟹などの甲殻類のフォビアだとおっしゃっていた。誤解されがちだが、アレルギーでは決してなく、恐怖症なのだ、と。三島由紀夫と一緒だね。

別れたアメリカ人の前夫は息が詰まるとかで、自らを（ネク）タイフォビアと呼んでいた。夫婦関係が駄目になるにつれて、冠婚葬祭などで必要にせまられ、ぶつくさ言いながらタイを結ぶ彼を見て首を締め上げたくなったっけ。タイよりも妻フォビア進行中だったかもね、彼。

66 ニュースの裏側のオブセッション

ＳＮＳで知り合った十二歳の女児を、大阪から栃木まで在来線（！）で連れ去った三十五歳の男が、一週間後逮捕されたという事件があった。容疑は未成年者誘拐。男の家には他に十五歳の少女もいて、こちらは書き置きを残して自分から家を出たらしいが……。

この本が出る頃には、たぶん他のさまざまなニュースに埋もれて忘れ去られてしまうだろうが、今、現在は、どの情報番組も連日これ一色である。

犯人を幼ない頃から知る近所の人々の談話や中・高の時の同級生、一時期職場で共に過ごした先輩などの彼に対する印象が、これでもか、と語られる。そして、それらについての「御意見・御感想」を番組のキャスターやコメンテーターがとうとうと述べる。勧善懲悪をモットーとする彼らの面目躍如である。いわく、幼稚で身勝手な犯罪。家族の心情を考えることも出来ない想像力の欠如。未成年の心の隙につけ込んだずる賢さ……などなど、いちいちごもっとも。そして、子供を危険にさらすＳＮＳの罠、というテーマに行き着いて、コーナーを締める……とまあ、どれもこれも、こんな感じ。

いや、その報道が画一的だからといって、文句を付ける気なんて、ぜーんぜんありません。犯人が浅はかな馬鹿男であるのにも異論はありません。

でもさ。ほれ、私は小説家だからして、どうしても別の見方もしてしまう訳よ。在来線の車窓から何を見たとか。

　この種の少女連れ去りとか、淫行の疑いありの不適切な関係が報道される時、私の頭の中に思い浮かぶのは、『シベールの日曜日』という昔のフランス映画なの。

　元空軍パイロットで戦傷による記憶喪失になってしまった三十一歳の男と、十二歳の孤独な少女の物語。彼らには、他人には理解出来ない心のやり取りがあるのだが、世間から見たら、まさに精神疾患のある危険人物による未成年者略取。日曜日ごとの逢瀬で、ようやく幸せの何たるかを実感して行った彼らだったが、やがて……という流れ。

……もう、これが良いんですよ。二人の心情が白黒画面のコントラストによって、この上なく美しく描かれているのだ。森と湖の水面に、やるせなさと非情さが同時に映し出されているかのよう。一九六二年の作品だけど、今でも充分に鑑賞に堪えうる不変の真理に満ちているのよ。

で、それと、大阪↑↓栃木の事件とどんな関係があるのかって？　いや、ないんですけどね。勝手に小説家が陰に潜むドラマを思って想像力をたくましくしているだけ。そして、この世の不道徳を書き綴る自由だけは奪われませんように、と祈ってる。ほら、皆、ここのところ、正しいことばっか主張して、他人を糾弾するじゃない？　そして、一斉に石を投げる。私は、その投げる人々の顔を真正面からながめて、いちゃもん付けたい願望から逃れられないの。

67 初対面の女に体形談議

前に、新刊が出る際に受けるインタヴューについて書いたことがある。優れた聞き手によるそれは、興奮するセッションのようであり、改めて自分の作品について、さまざまな事柄に気付かされるありがたいものである、と。しかし、そんなのばっかりじゃなくて、どうなってんの？　と言いたくなることもしばしばだとぼやいたりもした。そして、勉強、不勉強以前の問題ではなく、人としてそのマナーどうなの？　と呆れ返ることもあると。

でも最近は、そういう人たちがやって来たら、じっくり観察してやればいいんだな、と思い、あまり腹も立たなくなった。へー、こんな人っているんだ!?　と驚くことも大事だもんね。人間、何事も経験、経験。後で、友達や夫におもしろおかしく話したり出来るし。何よりエッセイのネタになるじゃん！　なあんて、ちょっぴり老成した気分になっていた私（……っていうか、既に年食ってるのだが）。そうしたら、またもや変なのが来ちゃったんですよ。

この間、新刊『ファーストクラッシュ』のためのインタヴューを受けていた時のことだ。ある通信社系の男性新聞記者が、初対面の私にこう言ったのである。

「山田さんて、前、ものすごく太っていたのに、ずい分、おやせになりましたよね」

「……？　いえ、全然やせてませんが」

「やせましたよ！　前、本当にすごく太っていたじゃないですか」

「……？　あの、私、人生で今一番太っているんですが……」

この後も、やせたと主張する記者とそんなことないと否定する私との不毛な押し問答が続いたのだった。どうなってんの？　確かに私はやせていたことはないが、記者の男性が言い張るほどの百貫デブ（死語か）であったこともない。それより、初対面の女に何だって、しつこく体形のことをあげつらう‼

「今、やせて見えるのは、服のせいかもしれませんね。ファッションセンスを駆使してやせ見せに成功した時、うちの夫は『トリックアートや！』って言って私を指さして大笑いするんですよ」

こう言って笑いに持って行って話題を変えようとしたのだが、記者は、私が何を言っているのかがまったく理解出来ないらしく、きょとんとしていた。

あのさー、怒り出さずに笑いに転化させるまでに成長した私の人間力、少しは解れよ!!（結局、怒る）

この話を知り合いにすると、今時!? と言って驚く。しかし、さらに驚くのは、記者の年齢がさほど行ってないと知った時。三十代の終わりか四十歳そこそこぐらいか……。皆、定年間近の男尊女卑おじさんがやって来たと思うみたい。

年齢じゃないのよ、とつくづくと思う。たぶん、興味ない仕事を押し付けられて嫌々やって来たんだろう。このご時世に女に敬意も払えないで、何が時事通……いえ何でもなーい!!

あなただけの言葉――あとがきにかえて

　女性向けファッション雑誌「ＧＩＮＧＥＲ」が創刊されたのは、二〇〇九年三月のこと。私は、その準備号にこれから読んで下さる皆さんへのメッセージを載せていただきました。

　そして、第一号から連載エッセイが始まり、それから十年以上途切れることなく、日々のうつろいの中で気付いたこと、そこから生まれる喜怒哀楽や疑問点などを綴って来ました。どれも、読者の皆さんに、こんなことがあったんだけど、私はこう思う、と責任転嫁せずに書いたつもりです。

　少々、毒舌な部分もあったかもしれませんが、嘘だけは書かないように心掛けました。素直に、感じるところを全部。でも、実は、各回の最後の最後に、書い

ていない一行があるのです。それは、

「で、あなたは、どう思う？」

というひと言。目には見えない。けれども確実にそこにある問いかけ。どうか、それをキャッチして、答えを見つけるために、しばし立ち止まって欲しいのです。そして、同感でも反感でも、あなたが感じたことをあなた自身の言葉で唇にのせてみて欲しい。もちろん、書き留めるのでも良いのです。今は、色々なツールがありますから便利です。大事なのは、

「あなた自身の言葉で」

という部分です。私は、大人というのは、年齢に関係なく、自分の言葉を持つ人を言うのだと思っています。そして、成熟して行くというのは、その言葉を一番良い形で伝える技術を学ぶ過程であると。

そこには責任が伴いますし、自分の考えを表明出来る爽快さを得ると同時に、逆風にさらされてしまうかもしれません。でも大丈夫。気にしない、気にしない。少しだけ我が身を振り返って、反省すべきところがあれば、すみやかに反省し、

そうでなければ、新たな勇気を持てば良いのです。

その昔、男は度胸、女は愛嬌、なんて言葉がありました。でも、今の時代、男と女を逆にしてもらいたい。体力で勝る男には、にこやかにフェミニンでいてもらいたいし、たおやかな色気ある女にこそ、りりしくあって欲しいのです。そのために必要なものこそ「勇気」です。ＢＥ ＢＲＡＶＥ！ あなただけの言葉で、人生を語るための勇気を持ちましょう。

昨年末、新刊の『ファースト クラッシュ』の発売記念サイン会が都内の書店で行われました。毎回、本当に感謝にたえないのですが、その日も大勢の方々が列に並んで下さり、素晴らしい一夜となりました。

その中に、最初からずっと泣きじゃくっている若い女性がいました。そして、彼女を労るように寄り添う彼氏の姿がありました。とても可愛らしいお洒落カップルさんです。

やがて、彼女の順番が来て、しゃくり上げながら私と会話していた、その手には、なんと一冊目の『4 Unique Girls』が‼ しかも、プラスティックのブックカバーが掛けられて、いかにも大事にされている様子！

本来なら、新刊以外の本にはサインをしない決まりなのですが、えーい、そんなことかまってられるかい！　とばかりに私から申し出てしまいました。その本にも、しちゃおうか、って。その時の彼女の泣き笑いの表情、もう最高でした。こういう瞬間のために、私、物書きやってるんだなあ、とつくづく思います。

サイン終了後も立ち去らずに見守ってくれる読者の皆さんが沢山いました。すべてが終わり、私が挨拶をして御辞儀の後、顔を上げると、あの泣きじゃくっていた彼女の姿も。

思わず手招きして、彼氏と共に呼んじゃいました。そして、自分のしていた小指の指輪を彼女の指にはめてあげたのでした。

あのピンキーリングが、少しでも勇気をあげられたでしょうか。もし、そうなら、こんな嬉しいことはありませんし、そして、この本も同じような効用を読者の皆さんにもたらすことが出来れば、と願ってやみません。

Be brave, Be unique! ですよ、皆さん！　そうすれば、特別《スペシャル》な人生への招待状が、あなたの許にやって来る。これ、ほんと。

山田詠美

山田詠美

一九五九年東京都生まれ。八五年「ベッドタイムアイズ」で文藝賞を受賞しデビュー。八七年『ソウル・ミュージック・ラバーズ・オンリー』で直木賞、八九年『風葬の教室』で平林たい子文学賞、九一年『トラッシュ』で女流文学賞、九六年『アニマル・ロジック』で泉鏡花文学賞と、文学賞を次々と受賞。その後も現代文学の旗手として旺盛な執筆活動を続け、二〇〇一年『A2Z』で読売文学賞、〇五年『風味絶佳』で谷崎潤一郎賞、一二年『ジェントルマン』で野間文芸賞、一六年「生鮮てるてる坊主」（『珠玉の短編』所収）で川端康成文学賞を受賞する。

本書は「GINGER」の連載「4 Unique Girls」（二〇一四年九月号～二〇二〇年三月号）を加筆・修正したものです。

4 Unique Girls
特別《スペシャル》なあなたへの招待状

二〇二〇年二月二〇日 第一刷発行

著者 山田詠美
発行人 見城徹
編集人 菊地朱雅子
編集者 茅原秀行
発行所 株式会社 幻冬舎
〒一五一-〇〇五一 東京都渋谷区千駄ヶ谷四-九-七
電話 〇三(五四一一)六二一一〈編集〉
〇三(五四一一)六二二二〈営業〉
振替 〇〇一二〇-八-七六七六四三
印刷・製本所 中央精版印刷株式会社

ISBN978-4-344-03570-6 C0095
幻冬舎ホームページアドレス https://www.gentosha.co.jp/
この本に関するご意見・ご感想をメールでお寄せいただく場合は、
comment@gentosha.co.jp まで。